Jana Karšaiová

AF289221

SAMTENE SCHEIDUNG

ROMAN

Aus dem Italienischen von
Ruth Mader-Koltay

NONSOLO

Samtene Scheidung

© 2024 *nonsolo* Verlag, Freiburg

Erste Auflage, März 2024

Titel der italienischen Originalausgabe: *Divorzio di velluto*

Copyright © Giangiacomo Feltrinelli Editore Milano
First published in "I Narratori", February 2022

Lektorat: Irene Pacini
Satz und Layout: WOERDESIGN

*Questo libro è stato tradotto anche grazie a un contributo per
la traduzione assegnato dal Ministero degli Affari Esteri e della
Cooperazione Internazionale italiano.*
Die Übersetzung dieses Buches kam auch dank einer Förderung
des Italienischen Ministeriums für Auswärtige Angelegenheiten
und Internationale Zusammenarbeit zustande.

Printed in Germany
ISBN 978-3-947767-17-5

NONSOLO

Jana Karšaiová

Samtene
Scheidung

Für Samuel, Sylvia und Oskar

„Sie war sozusagen hoffnungslos
in ihre eigenen Wurzeln verstrickt."

Aleksandar Hemon[1]

---

1   Zitiert aus: Hemon, Aleksandar, *Das Buch meiner Leben*, aus dem Amerikanischen von Matthias Fienbork, Albrecht Knaus Verlag, München 2013, S.29 (A.d.Ü.)

Als sie nach Bratislava kam, hatte sie wie immer das Gefühl, es würde das letzte Mal sein. Das ignorierte sie und folgte automatisch den Hinweisen Richtung Dúbravka, ihrem Viertel.

Entlang der Straße gab es zwei neue Nachtclubs, Mädchen auf Schildern versprachen Vergnügen und Diskretion. In einem dieser Häuser hatte sie als Kind jeden Dienstag Tonleitern wiederholt, bevor sie sich mit den Präludien von Chopin oder Bach beschäftigte.

Bei einem falschen Ton schlug ihr die Lehrerin, Frau Csaková, mit einem Lineal von unten auf die Handfläche, sodass ihre Hand in die Luft schnellte wie ein verängstigtes Vögelchen. In den Klavierstunden hatte sie gelernt, Schmerz auszuhalten, ohne die Fassung zu verlieren.

Ganz hinten im alten Dúbravka lag das Haus, es wurde von einem höheren Wohngebäude überragt, das ihm die Sonne nahm; durch die Wände drang die Erkennungsmelodie der Acht-Uhr-Nachrichten. Ihre Mutter öffnete die Tür, sah sie an und schaute dann hinter ihr die Straße hinunter, als ob sie jemanden suchte. Katarína lächelte, und ihre Mutter umarmte sie: Sie roch nach zerdrücktem Knoblauch. Ohne die Umarmung zu erwidern, hielt sich Katarína mit einer Hand an ihrem Koffer fest, die andere presste sie seitlich an den Körper. Da löste sich die Mutter von ihr: „Komm rein, ich wärme dir das Abendessen auf", sagte sie und verschwand. Ihr Vater tauchte hinter der Badezimmertür auf, legte ihr eine Hand auf die Schulter und ließ sie dort länger liegen als sonst; Katarína schnupperte, aber er hatte keinen Geruch an sich.

1.

„Du wirst immer schöner! Kommst du mit?", fragte ihr Vater am nächsten Tag.

Er trug eine sehr voluminöse Winterjacke, die Katarína noch nie an ihm gesehen hatte, vielleicht eine Initiative ihrer Mutter. Seine schwarze Baseballkappe saß schief und ließ einen Teil des Kopfes unbedeckt. Er wiederholte seine Frage: „Kommst du mit?"

Katarína sah ihm in die Augen, nickte und rief „Wir gehen jetzt!" in Richtung Küche. Dann folgte sie ihm nach draußen. Der Bürgersteig war nass und mit dicken Salzkristallen bedeckt.

„Wohin gehen wir?", fragte Katarína.

Jozef streckte den Arm aus und zeigte ihr ein gelbes Einkaufsnetz; sie lächelte und hätte sich plötzlich gerne an ihn geschmiegt.

Im oberen Stock der *Terasa* bemerkte sie neue Geschäfte. Zur Zeit des Kommunismus war die *Terasa* ein einziges großes Kaufhaus mit einem Lebensmittelmarkt im Erdgeschoss gewesen. Nach 1989 hatte man alles renoviert und in viele kleine Einheiten unterteilt. Ein Schild mit dem neuen Namen *Jednota* verdeckte fast vollständig den Schriftzug *Potraviny*, „Lebensmittel", der in den grauen Putz geritzt war.

Die Schlange war lang, aber Jozef zwinkerte seiner Tochter zu: „Keine Sorge, wir lassen uns einen richtig großen geben."

Zwei Kinder buddelten im Sand, der nass war von den Schneefällen der vergangenen Tage, eine Frau mit riesigem Bauch saß auf der Bank und schaute ihnen zu. Das eine Kind hatte zu tief gegraben, und als es die Schaufel herauszog, landete die Ladung im Gesicht des anderen. Die Reaktion kam prompt. Die Frau knurrte etwas, und sie hörten auf zu streiten.

In der Schlange ging es voran, langsam aufeinanderfolgende Schritte, die Fußspuren der anderen Leute. Katarína kannte sich aus mit Schlangestehen, das hatte sie schon als Kind gelernt, als es Schlangen für alles gab: für Milch, für Brot, für Schuhe, für den Arzt, beim Rausgehen während der Pause.

„Frohe Weihnachten!"

„Ihnen auch frohe Weihnachten, *pán profesor*!"

Der Fischverkäufer mit einer grünen, blutbefleckten Schürze voller Fischschuppen grinste Jozef an. Der rückte seine Kappe auf dem Kopf zurecht, bis sie noch schiefer saß als zuvor, und drehte sich zu ihr um:

„Wir wollen einen großen, stimmt's, Katka?"

Katarína richtete den Blick auf die Wanne und zeigte dann auf einen gekrümmten Rücken am Rand.

Der Mann senkte den Käscher ins Wasser, zog mit einer einzigen Bewegung einen großen, glänzenden Karpfen heraus und schleuderte ihn in das Sieb auf der Waage. Der Zeiger schnellte nach oben.

„Vier Kilo, *pán profesor*!"

Jozef wiederholte zufrieden: „Vier Kilo."

Katarína dachte, das könnte auch das Gewicht eines Neugeborenen sein.

Der Fischverkäufer ließ sich versichern, dass sie den Fisch lebend mitnehmen wollten, und wickelte ihn in Zeitungspapier ein. Man konnte sie jetzt auch schon küchenfertig kaufen, aber die Mutter legte Wert auf Tradition. Der Karpfen landete in Jozefs gelbem Netz.

Auf dem Weg nach Hause wollte Katarína noch am Supermarkt haltmachen. Drinnen war es warm, hinter der Glasscheibe stampfte ihr Vater mit seinen schweren Stiefeln auf dem Bürgersteig auf und ab. Der Karpfen braucht Wasser, schien er sagen zu wollen, beeil dich.

Katarína musste gar nichts einkaufen, sie war nur einfach so hineingegangen. Das hatte sie in Prag festgestellt: In Supermärkten fühlte sie sich wie zu Hause. Sie überlegte, ob sie nicht doch Pralinen besorgen sollte, Kerzen mit Tannennadelduft, weihnachtliche Servietten oder *medovina*, Honiglikör.

„Kati?", hörte sie rufen.

Viera schob einen Wagen mit fünf Tüten Mehl und zwei großen Eierpaletten. Ihre kurzen Haare schienen am Kopf zu kleben, vielleicht hatte sie gerade erst ihre Mütze ausgezogen.

Katarína ließ die Schultern hängen, begann mit dem Schieber ihres Reißverschlusses herumzuspielen und murmelte: „Wie viele sind das denn?"

„Was?"

Katarína zeigte auf die Eier.

„Sechzig", sagte Viera.

„Du brauchst sechzig Eier?"

„Die sind im Angebot, ich kaufe auch welche für meine Mutter. Und ja, ich brauche sie." Sie standen im Gang mit den Spirituosen. Viera schob ihren Wagen auf sie zu, sah sie aufmerksam an. „Ich habe versucht, dich anzurufen. Ich dachte, du würdest mich zurückrufen."

Katarína wandte den Blick nicht von Vieras Einkauf. „Ich wüsste wirklich nicht, was ich damit anfangen sollte", sagte sie.

Viera verfiel in Schweigen und streichelte eine der weißen Schalen, als wollte sie sie über die Kränkung hinwegtrösten. „Wir sind heute Abend bei mir, wie immer – wenn du willst ..."

„Wer?"

„Daniela kommt."

„Und Mirka?"

„Sie hat vor drei Monaten entbunden."

„Ach so, ja, stimmt."

Katarína wies mit dem Kopf Richtung Kassen.

Viera nickte und setzte den Wagen in Bewegung. „Kommt Eugen an Silvester nach?", fragte sie.

„Nein."

Einen Augenblick lang schien es, als würde Viera noch auf etwas warten, vielleicht eine Erklärung, aber dann erwiderte sie: „Ich bin ab dem 30. wieder weg, ich fahre für Silvester zurück nach Italien." Und sie fasste sich an die Nase, wie sie es immer tat, wenn etwas sie störte.

Auch Katarína hätte eigentlich wegfahren sollen, mit Eugen. Sie hatten vorgehabt, mit dem Zug nach Barcelona zu reisen.

Der Schweiß auf ihrem Rücken erinnerte sie an den Karpfen und an ihren Vater draußen, sie suchte ihn durch die Scheibe, das Netz schwankte mit ihm auf und ab. Eilig verabschiedete sie sich von ihrer Freundin. Zwischen den Schiebetüren, die Wärme im Rücken und die Eiseskälte vor sich, hörte sie noch, wie Viera rief: „Um acht, wie es Tradition ist."

„Klar, um acht", flüsterte Katarína.

Zu Hause spülte Katarína die Badewanne mehrmals aus und versuchte, die gröbsten Flecken mit einem kleinen vertrockneten Schwamm zu entfernen: „Los geht's."

Jozef legte den Karpfen auf den Wannenboden, befreite ihn vom Zeitungspapier, verstöpselte die Wanne und ließ Wasser einlaufen. Der Wasserstrahl lief an der gelblichen Wand herunter. Katarína setzte sich auf den Rand, wie sie es als Kind immer getan hatte, hielt eine Hand unter das kalte Wasser und berührte dann den Karpfen. Der rührte sich nicht, öffnete nur das Maul und nahm in großen Schlucken Luft auf. Sie glaubte kleine Finger zu sehen, die den Fisch betasteten, streichelten, bespritzten, begleitet von kleinen spitzen Schreien und Gelächter. Sie glaubte zu spüren, wie ihr Papa ihr über den Kopf strich.

„Ich überlasse ihn dir", sagte der Vater, während er aus dem Badezimmer ging und die Tür hinter sich zumachte.

Katarína blieb beim Karpfen. Sie berührte ihn leicht, und sofort begann er in der Wanne herumzuschwimmen. Da zog sie die Hand zurück, um ihm zuzuschauen.

Als ihre Mutter die Tür wieder öffnete und sagte: „Es ist Zeit", kniete Katarína neben der Wanne, die Arme auf den Rand gestützt, als würde sie beten. Die Mutter zog den Stöpsel, richtete sich wieder auf und befahl Jozef, ihr den Fisch in die Küche zu bringen. Er wartete, bis nur noch wenig Wasser da war, und packte mit einem Küchentuch den Karpfen, der sich wand wie ein hungriges Neugeborenes.

Aus der Küche war ein dumpfer Schlag zu hören, ein weiterer und noch einer. Ihr Vater kam mit dem leeren Küchentuch heraus, Katarína lächelte ihm zu, er zuckte nur mit den Schultern.

2.

Katarína fand ein paar Fischschuppen in der Badewanne, nahm sie heraus und steckte sie in ihre Schminktasche – laut Großmutter Gitka brachten sie Glück –, dann duschte sie in der Hocke, damit das Wasser nicht herausspritzte. Sie benutzte das Duschbad, das sie aus Prag mitgebracht hatte; sie hatte es an einem Stand mit Naturprodukten gekauft, man brauchte nur zwei Tropfen davon. Jetzt nahm sie zwölf, um sich ganz mit weißem, glitschigem Schaum bedecken zu können, und das ganze Bad duftete nach Lavendel. War das von Viera im Supermarkt eine Einladung gewesen? Sie strengte sich an, um sich an ihre eigene Antwort zu erinnern – hätte sie nicht eine Ausrede erfinden können, um nicht hinzugehen? Sie zweifelte an allem, sogar an den allereinfachsten Sachen, an Entscheidungen, die sie früher ganz mühelos getroffen hätte. Auf vieles verzichtete sie jetzt oft ganz. Während sie sich im Schlafzimmer mit dem winzigen Föhn ihrer Mutter die Haare trocknete, tippte sie eine Nachricht an Viera: „Zum Abendessen kann ich nicht." „Dann komm danach", schrieb Viera zurück.

Katarína klappte ihren Koffer auf. Ihre Mutter hatte jahrelang behauptet, man könne an Heiligabend keinesfalls Jeans und T-Shirt anziehen, sondern müsse bereit sein für die Ankunft des Messias. Obwohl *Ježiško*, das Jesuskind, für das Regime nicht existierte, brachte es trotzdem die Geschenke.

„Auch Viera ist zu den Feiertagen hier", hatte ihre Mutter am Abend zuvor gesagt, als Katarína gerade angekommen war. Vor drei Jahren hatte Viera ein Stipendium für die Uni Verona bekommen. Die Freundinnen hatten die Nachricht am Traditions-Abend schweigend aufgenommen, Daniela hatte das Glas erhoben: „*Congratulations my dear*, und zum Teufel mit dem Neid!" Alle lachten, aber die Party war damit beendet. Danach hatten sie sich lange nicht wiedergesehen. Erst später entdeckten sie voller Begeisterung Skype und fingen an, herumzuprobieren: Bilder, die nicht zum Ton passten, Worte, die erst ankamen, wenn der Mund schon wieder geschlossen oder in einer peinlichen Grimasse erstarrt war. Als sie Viera vorhin bei Supermarktbeleuchtung wiedergetroffen hatte, war es ihr vorgekommen wie ein lebendiges Echo dieser lange vergangenen Videoanrufe. Nach dem Duschen schlüpfte Katarína in ihre schicke Hose und zog den dünnen schwarzen Kaschmirpullover an. Dann griff sie zum Telefon und schloss die Zimmertür. Sie tippte Eugens Namen ein, legte das Handy auf die Bettdecke und zählte die Pausen zwischen den Rufzeichen. Da sie die Freisprechfunktion nicht eingeschaltet hatte, war der Ton nur schwach, wie durch Watte, aufgesogen von der Bettwäsche und dem Abstand zwischen ihr und dem Bett. Als die metallische Stimme des Anrufbeantworters erklang, ging sie hin und schaltete das Telefon aus.

Sie wusste nicht, wie viel Zeit vergangen war, bis es an der Tür klingelte; es war ihr Bruder Jojo mit seiner Frau Olga und der kleinen Magdalénka. Katarína kam aus dem Zimmer und lief auf ihre Nichte zu, um ihr einen Kuss zu geben. Dann begrüßte sie Jojo und Olga und wartete, bis sie sich ausgezogen hatten. Ihre Jacken waren nass, ebenso ihre Winterschuhe, Schals und Hüte. Magdalénkas Nase war erdbeerrot, und Katarína tat so, als würde sie sie pflücken und aufessen. Die Kleine protestierte lachend.

Olga lächelte: „Sie konnte es kaum erwarten, dich wiederzusehen."

„So ging's mir auch."

Katarína nahm Magdalénka auf den Arm und trug sie ins Wohnzimmer. Aus der Küche tauchte ihre Mutter auf, küsste das Mädchen auf die Wangen, und die Kleine lachte:

„*Babka!*"

Das Abendessen war fertig, der Tisch mit den Porzellantellern von Großmutter Gitka gedeckt. Immer wenn dieses kostbare Service benutzt wurde, machten Katarína und Jojo Witze über die Erbschaft. „Jetzt lasst mich doch erst mal sterben", kommentierte die Mutter dann.

Vater und Bruder setzten sich an die Tischenden, die Frauen dazwischen. Magdalénka flüsterte Olga zu, dass sie nichts vom Karpfen wollte. Als sie trotzdem eine Portion Fisch auf den Teller bekam, zerkleinerte Olga ihn sorgfältig für sie. Die Stückchen waren weiß und weich.

„Es schneit, willst du wirklich los?", fragte die Mutter Katarína und reichte ihr eine Schüssel mit frisch geriebenem Meerrettich.

Sie nahm ein bisschen davon und zog die Nase hoch: „Ja, ich gehe hin, wir haben uns schon so lange nicht mehr alle zusammen getroffen, vielleicht kommt auch Mirka mit dem Kind."

„Hast du die Haare geschnitten?", fragte Jojo. „Du siehst ganz anders aus. Wo ist denn Eugen?" Ihr Bruder blickte auf den leeren Stuhl neben Katarína, er schien es gerade erst bemerkt zu haben. Auch Katarína warf einen kurzen Blick auf den Stuhl.

„Im Moment leben wir nicht zusammen."

Die Mutter richtete ihren Rücken gerade, und Olga bekam einen Hustenanfall.

„Was für einen leckeren Karpfen wir doch gekauft haben, Katuška", ihr Vater deutete ein Lächeln an.

„Jozef!", ermahnte ihn seine Frau.

Jojo sah wieder Katarína an: „Was heißt das?"

„Was heißt das?", wiederholte die Mutter, als hätte Katarína es nicht gehört.

Jojo ließ seine Schwester nicht aus den Augen, bis sie schließlich antwortete: „Seit zwei Monaten schläft Eugen nicht mehr zu Hause."

„Und wo schläft er dann?", die Mutter drehte sich zu ihrem Sohn. Jojo zuckte die Achseln. Er machte ihr mit der Hand ein Zeichen, sie solle warten.

Katarína spießte ein Stück Karpfen auf, und bevor sie es in den Mund steckte, sagte sie: „Ich weiß nicht, wo er schläft. Und ja, wir haben ihn wirklich gut ausgesucht, Papa."

Ihre Mutter stand auf und verschwand in der Küche. Man hörte die Teller klappern, das Wasser rauschen und ihre Flüche.

Olga goss ihrer Tochter Wasser ins Glas und hielt ihr beim Trinken eine Serviette unters Kinn. Sie wechselte einen Blick mit Jojo und fragte dann: „Aber warum denn?"

Katarína trank einen Schluck Wein und legte die Hände in den Schoß: „Vielleicht trifft er sich mit einer anderen."

Die Mutter erschien in der Tür und schaute erst ihren Mann an, dann die Tochter: „Ich hab's ja gleich gewusst, dass es so enden würde!"

„Mama!" Jojo drehte sich mit einem Ruck um.

„Was?"

Katarína knetete ihre Finger über dem Bauch. „Es ist nicht ..."

„Katka, ich mag das nicht", Magdalénka zeigte mit dem Finger auf den weißen Matsch auf ihrem Teller, „ich will Schnitzel."

„Schnitzel! Warum kannst du denn nicht wenigstens einmal ein Schnitzel für sie machen?" Katarína schlug mit den Fäusten auf den Tisch.

„Weil Heiligabend ist!"

„Ja und?"

„Das ist ein Fastentag, da isst man kein Fleisch."

Nach 1989 war ihre Mutter wie viele andere wieder zur Kirche gegangen und hatte den religiösen Eifer in ihre Familientreffen zurückgebracht. Katarína hatte in der Oberstufe das Wort „Authentizität" entdeckt: Genau darum ging es, der Glaube ihrer Mutter kam ihr nach der jahrelangen Unterbrechung nicht mehr authentisch vor. Sie fühlte sich unbehaglich, wenn sie um den Baum herumstanden und die Mutter laut betete, oder wenn sie um Gottes Segen für den Karpfen bat, dem sie ein paar Stunden vorher den Kopf abgehackt hatte.

Jetzt brachte die Mutter einen kleinen Teller aus der Küche, und als Magdalénka wieder zur Gabel griff, strich sie ihrer Enkelin übers Haar.

„Morgen mache ich dir Schnitzel, *čerešnička moja,* jetzt iss solange die hier", sagte sie, während sie den Karpfen gegen vier Fischstäbchen austauschte und dabei den kleinen Teller etwas zum Wackeln brachte. „Meine kleine Kirsche" – zu Katarína hatte sie das nie gesagt. Nicht mal ihre Mutter war gegen den Zauber dieses Kindes immun, so dachte sie – zum Glück.

3.

Der Schnee fiel schwer, er knirschte unter den Füßen, legte sich auf die Autos und wurde zu einer kompakten Schicht. Am Rand des Bürgersteigs stand ein kleiner Schneemann mit Holzstückchen in seinem weißen Bauch; er schien Katarína zu grüßen.

Der Traditions-Abend war in ihrem zweiten Jahr an der Uni entstanden. Der Schnee hatte die Stadt lahmgelegt und den Zugverkehr unterbrochen. Nur Katarína und Viera waren aus Bratislava, Daniela und Mirka hatten nicht heimfahren können und auf den Weihnachtsabend mit der Familie verzichten müssen.

Das war im Jahr 2000 gewesen. Bei Viera zu Hause gab es Kohlsuppe mit Pilzen und Trockenpflaumen, ein Fisch brutzelte im Backofen, in den Zimmern dufteten Tannenzweige in Vasen. Vieras Mutter war kurz nach dem Essen losgegangen, denn sie fürchtete, wegen des vielen Schnees die Mitternachtsmesse zu verpassen. Sie hatten Monopoli gespielt und selbstgemachten Kaffeelikör geschlürft. Alle hatten sich betrunken, außer Viera.

Die Wohnung, in der Vieras Mutter lebte, war im siebten Stock eines Mietshauses direkt neben den Straßenbahngleisen. Vom Balkon aus konnte man sehen, wie die Bahnen in die Stadt hinunterfuhren, und hören, wenn sie beschleunigten oder abbremsten.

Jetzt klingelte Katarína, jemand öffnete ihr, ohne über die Sprechanlage nachzufragen, und sie schlüpfte in den Hauseingang. Plötzlich ging das Licht an, vielleicht ein Bewegungsmelder, denn sie hatte nirgends gedrückt. Die grauen, mit Kritzeleien verschmierten Wände begleiteten sie bis zum Aufzug, drinnen stank es heftig nach Pisse.

Viera war es, die sie oben empfing und am Arm in die Wohnung zog: Durch die ruckartige Bewegung fielen die letzten Schneeflocken, die noch nicht geschmolzen waren, von ihrem Mantel ab. Katarína zog ihn aus, ebenso die Stiefel, ihre großen Zehen waren nass. Der Flur, identisch in allen Wohnungen von Dúbravka, war winzig und hatte nur Platz für einen Kleiderständer und einen Wandspiegel. Gäste mussten anstehen, um eintreten und sich die Schuhe ausziehen zu können.

Aus dem Wohnzimmer waren Stimmen zu hören. Daniela saß auf dem Boden neben dem großen geschmückten Tannenbaum; vor ihr standen auf einer ausgebreiteten Tischdecke kleine Teller, Trinkgläser und ein Tablett mit süßem Gebäck. Es sah aus wie ein Picknick auf dem purpurroten Teppichboden. Sie redete mit Mirka, die auf dem Sofa zusammengesunken war, ihr Sohn lag auf ihrer Schulter. Er war noch klein, erst drei Monate alt.

„Endlich!", riefen die Freundinnen, dann standen sie auf und umarmten Katarína.

Daniela brachte eine Flasche Champagner aus der Küche, Viera öffnete sie, wobei der Korken durch die Gegend flog. Während alle jubelten, legte Mirka ein Tuch über den Kopf ihres Kindes. „Schschsch, er schläft", sagte sie.

Also stießen sie leise auf einander und auf Weihnachten an.

Katarína flüsterte: „Es ist schön, euch wiederzusehen." Sie drückte Mirka an sich und berührte mit den Lippen den Kopf des Kleinen: Er war warm und roch nach Milch.

„Wir konnten doch diese Gelegenheit nicht verstreichen lassen", Daniela breitete die Arme aus, als wollte sie sie alle darin einschließen.

Sie setzten sich auf den Boden. Mirka legte das Kind in eine kleine Wippe zu Füßen des Sofas. Daniela fragte, ob sie das mit der D'Angelo schon wüssten.

„Was sollen wir wissen?" Katarína lächelte, und es schien ihr, als wäre die Zeit zurückgedreht worden.

Die D'Angelo würde die Uni verlassen und endgültig nach Italien zurückkehren.

„Früher oder später gehe ich wieder heim nach Parma", Mirka parodierte den italienischen Akzent der Dozentin, und alle vier lachten. Die D'Angelo lehrte italienische Literatur und Kultur, ihr Vertiefungsseminar über Manzoni war eine einzige Tortur gewesen.

„Ist Parma weit weg von Verona?" Daniela drehte sich zu Viera um, und diese schüttelte den Kopf.

„Ich war noch nie in Parma, das sagt schon alles."

Dann war einen Moment lang Stille, während sich alle aufs Kauen, Trinken und Schlucken konzentrierten.

Mirka schaute auf den Kleinen und fragte: „Also, wie ist es denn nun, in Italien zu leben?"

Viera verschluckte sich am Wein, es sah aus, als würde sie ihn gleich ausspucken, aber dann schaffte sie es doch, ihn zurückzuhalten. Sie wischte sich den Mund mit einer Papierserviette ab und erzählte: „Als ich gerade angekommen war, musste ich mich registrieren, um die Mensakarte abzuholen. Das Mädchen am Empfang hat mich gefragt, wann und wo ich geboren bin, und dann hat sie auf der Liste im Computer herumgesucht; nach einer Weile hat sie zu mir gesagt, dass sie die Slowakei nicht finden konnte, und ob Slowenien auch okay wäre."

„Und was hast du ihr geantwortet?"

„Dass ich die Idee super finde, meine nationale Identität für ein warmes Essen zu verscherbeln."

Sie lachten.

Mirka runzelte die Stirn. „Und dann?"

„Dann hat sie die Tschechoslowakei gefunden."

„Nein, nicht schon wieder!"

„Doch, und noch dazu hatte sie ja recht: Schließlich hatte sie mich gefragt, wo ich geboren bin."

„In der Tschechoslowakei!"

„Eben."

Sie waren 1978 geboren, alle außer Mirka, in einer kommunistischen Tschechoslowakei, die gerade erst erwachsen geworden war und nach fünfzehn Jahren schon wieder sterben würde, um aus ihrer Asche zwei neue Staaten auferstehen zu sehen: ein neuartiger Zwillings-Phönix, jedoch mit eher ungleichen Hälften, deren Beziehung sich rasch in Richtung Scheidung entwickelte. Die „Samtene Scheidung" nannte man sie, in Anlehnung an die Samtene Revolution von 1989 – bei den Slowaken hieß sie eigentlich die „Zarte", aber die Wortwahl der Tschechen hatte sich durchgesetzt.

„Und du?" Mirka wandte sich an Katarína.

Sie beugte sich über das Tablett mit dem Nachtisch, griff nach einem Kokostörtchen und steckte es in den Mund: „Was, ich?"

„Wie läuft's denn in Prag?"

„*I'm an Englishman in New York*", stimmte Katarína leise an.

Viera kicherte, und Daniela sang den Refrain weiter. Der Kleine hob die Fäuste, seine Augen waren geschlossen, er träumte wohl gerade. Mirka sprang auf die Füße, machte nochmals „Schschsch" und trug die Wippe in den Flur. Von dort kam sie dick eingepackt zurück, um alle einzeln zum Abschied zu umarmen.

Danach wollte Daniela eine rauchen, und sie gingen auf den Balkon. Die Jacken ließen sie offen und hielten sie mit den Händen nur am Kragen zusammen. Katarína nahm sich eine Zigarette aus Danielas Päckchen, ließ sich Feuer geben und sog den Rauch ein, noch ein *Déjà-vu*.

Viera fing die Schneeflocken ein, die ganz langsam fielen, sie rauchte nicht und trank nur wenig. Früher, wenn sie an den Wochenenden loszogen, war sie immer als Einzige nüchtern. Diejenige, die alle nach Hause brachte, die am nächsten Morgen Resümee zog, die kein Kopfweh und keinen trockenen Mund hatte. Katarína wusste, warum – die anderen nicht. Für Viera war es okay so.

Daniela sagte, es müsse sehr cool sein, im Zentrum von Verona zu wohnen.

„Ich wohne nicht wirklich im Zentrum."

„Es sind nur ein paar Schritte, hast du doch gesagt, während wir hier alle an der Peripherie wohnen."

„Schschsch, die Slowakei ist doch das Herz Europas!" Viera machte Mirka nach.

„Sie ist immer noch völlig überzeugt, oder?" Katarína schnippte gegen ihre Zigarette, und die Asche fiel über das Geländer nach unten.

Sie dachte, dass Mirka mit ihrer Frage – „Wie läuft's denn in Prag?" – eigentlich hatte wissen wollen, ob ihre Vorhersage sich bewahrheitet hatte. Sie misstraute den Tschechen, das war ein Leitmotiv in ihrer Familie, von dem sie sich nie hatte befreien können oder wollen.

Viera fing an, mit den Zähnen zu klappern, und Daniela verspottete sie als verweichlichte Italienerin. Dann gingen sie wieder hinein. Sie leerten die Champagnerflasche, tranken Wein und Bier und auch den Rest vom Kaffeelikör. Daniela schlief auf dem Teppichboden ein, die Füße unterm Tannenbaum, den Kopf auf der Tischdecke.

Katarína wollte nach Hause, und Viera bot sich an, sie zu begleiten.

„Meine Mutter wird einen Herzinfarkt kriegen, wenn sie sie so in ihrem Wohnzimmer findet", sagte Viera, bevor sie das Licht ausschaltete und die Tür zuzog.

4.

Auf dem Rückweg waren keine Fußspuren mehr auf der Straße, sie schien ganz unberührt. Der Schnee, der den Abend lang gefallen war, hatte das ganze Viertel mit einem weißen Schleier überzogen. Dúbravka wirkte wie eine Mondlandschaft aus grauen Monolithen und Kratern, gesäumt von Laternen und parkenden Autos. Das hatte sich nicht verändert. In seinem hektischen Lauf Richtung Modernität gebar sich das Land selbst fortwährend neu, nachts aber bekam es wieder die gleichen Umrisse wie früher.

Die Luft war schneidend kalt. Katarína schob die Hände in die Taschen und steckte den Kopf zwischen die Schultern. Sie setzte ihre Füße langsam einen vor den anderen und hörte dem Knirschen des Schnees unter den Sohlen ihrer Stiefel zu. Bei ihr drehte sich alles. Ab und an blieb sie stehen, als wollte sie sich versichern, dass sie in die richtige Richtung lief. Viera hüpfte neben ihr her.

„Du hättest nicht mitkommen brauchen", wies Katarína sie zurecht.

Die Freundin antwortete nicht, sondern stieß eine kleine milchige Atemwolke aus, die sich vor ihrem Gesicht sofort auflöste. Sie waren bei der Hauptstraße angelangt, die das Viertel in zwei Hälften teilte. Man hatte sie geräumt, nur an ihren Rändern lagen unregelmäßige Haufen aus grauem Schnee. In der Mitte überquerten sie die Gleise, die streckenweise herausgerissen waren. An den Stellen klafften nun riesige Löcher. Damit man von einer Seite auf die andere gelangen konnte, waren kleine hölzerne Stege errichtet worden: Es war, als würde man einen ausgetrockneten Kanal überqueren.

„Und das da?", Katarína zeigte auf ein solches Loch.

„Sie machen alles neu."

Ja klar, das taten sie seit Jahren. Die Baustellen waren überall. Tagsüber sah man phlegmatische Bauarbeiter ziellos durch die Gegend trotten. Neue Gebäude ersetzten die alten, moderne Materialien funkelten inmitten von rostigen Rohren. Das Gesicht Bratislavas versteckte seine alten Wunden hinter einer oberflächlichen, stümperhaften Gesichtsplastik.

„Also fahren keine Straßenbahnen."

„Es gibt Schienenersatzbusse, Mirka sagt, die fahren alle zwei Minuten und sind wahnsinnig schnell, es macht großen Spaß damit zu fahren, Zitat Ende."

„Aber wieso? Ich meine: Ist doch klar, dass das nervt, warum sollte man es leugnen?"

Viera zog eine Grimasse: „Das befiehlt ihr süßer kleiner Nationalstolz."

„Und ihr Mann", ergänzte Katarína.

„Ach was, Mirka war doch schon immer so, sie hat in ihm bloß einen guten Resonanzboden gefunden – tatsächlich treffe ich die beiden nicht so gerne zusammen."

Katarína nickte, dann vergewisserte sie sich, dass kein Auto kam: „Ich gehe hier rüber, und du geh bitte wieder heim."

Es schneite nicht mehr, alles war still, die Straße war beleuchtet und leer.

„Warum ist Eugen nicht mitgekommen?"

Katarína blieb stehen, schaute Viera an, als würde sie gerade eben entscheiden, was sie ihr antworten sollte, und sagte dann: „Er ist ausgezogen."

„Habt ihr gestritten?"

Katarínas Augen wurden rot, ihr Gesicht zog sich zusammen.

„Nein, nein", die Wörter kamen stockend aus ihr heraus wie bei einer verkratzten Vinylplatte, dann beugte sie sich zur Seite und erbrach sich.

Viera wich zurück und griff nach einem Stück sauberem

Schnee, fuhr ihrer Freundin damit über Kinn und Lippen und wischte einen Fleck auf deren Jacke ab.

„Vielleicht hat er eine andere." Katarína bekam einen weiteren Würgereiz, die rosafarbene Flüssigkeit mischte sich mit dem Haufen aus schmutzigem Schnee am Straßenrand.

„Arschloch!", schimpfte Viera.

Katarína brachte es nicht über sich, ihn so zu nennen. Eugens Familie, ja, die konnten manchmal richtige Arschlöcher sein. Als sie zum ersten Mal bei ihnen zum Mittagessen eingeladen war, fragten sie nach Neuigkeiten aus Bratislava. Sie musste es bereuen, ihnen von der Angst erzählt zu haben, die sie nach der Teilung der Tschechoslowakei um ihren Vater ausgestanden hatte. In den ersten Tagen des Jahres 1993 fehlten in den Apotheken die Medikamente, es kam nichts mehr aus Prag, und Herzkranken wie ihm, oder Diabetikern, drohte ohne ihre lebenserhaltenden Mittel der Tod. Da wurde es plötzlich eisig am Tisch, und Eugens Schwester fing an zu lachen. „Ich habe davon gehört", antwortete der Vater und zog die Silben in die Länge, „aber das lag doch an eurer Logistik, oder nicht?" Später gestand Eugen ihr, dass sein Vater Geschäftsführer der Pharmafirma Xeniva war.

Am Ende der Straße tauchte jetzt ein Auto auf, es fuhr langsam, das Motorengeräusch hallte in der schneeflockenlosen Luft wider; von seinen Rädern spritzte schmutziges Wasser hoch. Katarína und Viera wichen vom Bordstein zurück und schauten zu, wie es vorbeifuhr.

„Wieso denkst du denn, dass er eine andere hat?"

Katarína zuckte die Schultern: „Montags abends unterrichte ich eine Gruppe von Berufstätigen, das dauert bis spät. Eugen weiß das, er macht dann immer das Abendessen. Ich kam wie immer um zehn nach Hause, habe die Eingangstür aufgemacht, und dabei ist mir der Gurt meiner Tasche an der Türklinke hängengeblieben. Ich habe das Gleichgewicht verloren und bin gegen den Türrahmen gekracht. Ich habe immer noch gelacht, als ich mit der Hand auf meiner Beule in die Küche kam. Auf dem

Tisch stand ein Teller *palacinky*, Pfannkuchen mit Marmelade, komplett bedeckt mit Kakaopulver. So mag ich sie am liebsten. Am Anfang ist mir nichts aufgefallen, ich habe nach ihm gerufen und gewartet. Ich wollte, dass er mich im gelben Licht der Dunstabzugshaube sieht: Mit dieser Art Horn am Kopf kam ich mir sehr witzig vor. Ich wollte, dass er mich an der Stelle küsst, wo ich mich gestoßen hatte, und zu mir sagt, dass ich immer so schusselig bin.

Ich habe ihn viermal gerufen, aber die Wohnung war leer. Auf der Tischdecke waren ein Teller, ein Glas und eine Gabel. Sonst hatte er immer mit dem Essen auf mich gewartet. Da sah ich einen Zettel, der unter dem Teller rausguckte. Ich nahm ihn, und da stand: ‚Katarína, ich gehe für eine Weile weg. Ich wünschte, alles wäre einfacher, ich würde gern mit dir reden können, ich hab's versucht, und ich werde es auch wieder versuchen, aber jetzt muss ich vielleicht erst mal ein bisschen was über mich selbst rausfinden.' Darunter ganz klein: ‚Guten Appetit', daneben ein Herz."

Viera schüttelte den Kopf. „Und dann?"

„Ich habe versucht, ihn anzurufen, aber er ging nicht ran. Da habe ich die Schlüssel und meine Jacke genommen und bin raus. Im Aufzug habe ich mich im Spiegel gesehen, meine Augen waren ... riesengroß. Ich konnte es einfach nicht glauben. Ich bin zum Riegrovy Sady gegangen, dem Park, wo wir an den Sommerabenden immer mit einem Bier im Gras lagen und auf die Türme von Prag schauten, die dort am Fuß des Hügels auftauchen. Nichts. Ich bin auch in die Bar im Park gegangen, Eugen hat ja nie wirklich getrunken, aber ich habe trotzdem in allen Lokalen in der Umgebung nachgeschaut."

Katarína überquerte die Straße, ohne sich umzusehen; auf einem der kleinen Holzstege blieb sie stehen, er war glitschig. Das Loch darunter war weiß wie auch der ganze Rest. Als Viera sie eingeholt hatte, redete sie weiter: „Ich habe ihn um eins angerufen, als ich wieder zu Hause war, um zwei, um drei, um fünf. Und dann am nächsten Morgen vor meinem Unterricht, und auch danach und am Nachmittag. Am Abend hat er mir dann geschrieben: Es ging ihm gut, ich sollte mir keine Sorgen machen, und er hoffte, dass es auch mir *einigermaßen* gut ging. Er würde sich bald melden, stand da, und er bat mich, Geduld zu haben. Und Vertrauen in ihn. Ich habe ihn direkt angerufen, aber er ging nicht ran."

Auf Vieras Wange erschien eine kleine Beule, sie drückte gerade ihre Zunge von innen dagegen, das tat sie immer, wenn sie sich konzentrierte.

„Vor einer Woche war ich in der Stadt, um Weihnachtsgeschenke zu kaufen, ich habe mich dazu gezwungen und es total übertrieben, ich hatte noch nie vorher so viele Sachen gekauft. Ich ging gerade den Wenzelsplatz hoch, um die Metro bei der Station Muzeum zu nehmen, da habe ich sie gesehen. Sie saßen am Fenster im Restaurant Como, einander gegenüber. Er hob die Hand, um den Kellner zu rufen, sie trank aus einem Weinglas. Sie hatte tadellose Fingernägel. Das war das Erste, was ich gedacht habe, schau an, was für tadellose Fingernägel, smaragdgrün lackiert. Dann richtete sie seinen Krawattenknoten, ganz langsam, es war nur eine leichte Berührung, aber in dieser Geste glaubte ich die ganze Vertrautheit zu sehen, die zwischen ihnen war. Ich bin mit einem Ruck stehen geblieben, mit den ganzen Tüten und sperrigen Päckchen, die an meinen Beinen runterhingen. Da hat sie sich umgedreht und mich gesehen. Es war so, als hätte ich, als ich so plötzlich zum Stehen kam, irgendeine Luft- oder Energiebewegung verursacht, irgendetwas, was bis zu ihr reichte und sie dazu brachte, mich anzuschauen. Sie wusste es, sie wusste, wer ich war. Dann stand sie von ihrem Stuhl auf, sie trug ein blaues Kostüm mit zarten weißen Spitzen am Dekolleté. Ich fühlte mich wie eine Pennerin mit meinen ausgebeulten Jeans und meiner dicken Jacke gegen die Kälte. Dann drehte sich auch Eugen zum Fenster, aber ich schaute ihm nicht in die Augen, sondern machte eine Art Pirouette und fing an zu rennen. Kurz danach habe ich gehört, wie er meinen Namen rief, seine Stimme war schrill, aber ich bin nicht stehen geblieben, sondern weitergerannt und dabei fast über die Tüte mit dem rosa Plüschtelefon gestolpert, das ich für Magdalénka gekauft hatte. Dann bin ich ganz außer Atem die Treppe zur Metro runter, dabei habe ich immer noch gemeint, ihn nach mir rufen zu hören, aber als ich mich dann umgedreht habe, war er nirgends in der Menge."

Katarína zog die Schultern hoch, sie zitterte. Viera umarmte sie. So standen sie mitten auf der improvisierten Fußgängerbrücke, unter ihnen die Leere, ineinander verschlungen wie früher.

„Warum kommst du nicht mit mir?", flüsterte Viera nach einer Weile.

„Wohin denn?" Katarína löste sich aus der Umarmung, zog erneut die Schultern hoch und lief weiter.

Sie blieben vor dem großen Mehrfamilienhaus stehen, dem schlafenden Riesen. Ohne das schwache Licht im Wohnzimmerfenster wäre Katarínas Haus direkt daneben um diese Uhrzeit unsichtbar gewesen.

„Die Wohnung ist klein, aber zu zweit geht es schon. Und man braucht nicht mal mehr ein Visum", sagte Viera vor der Eingangstür.

Katarína blickte ihrer Freundin über die Schulter, ihrer beider Fußspuren überlagerten sich teilweise im weichen Schnee. Sie nickte.

„Ich fahre am 30. zurück, überleg's dir", Viera drückte sie nochmal an sich und küsste sie dann auf die Wange, wobei sie ihr Ohr berührte. „Überleg's dir", wiederholte sie, „okay?"

Katarína blieb trotz der Kälte stehen und sah zu, wie Viera sich entfernte: Sie ging langsam, hüpfte nicht mehr.

Sie spürte etwas unter ihrem Brustbein, wie ein schwaches Jucken, und für einen Augenblick fühlte sie sich leicht und atmete tief durch. Als sie das Haus betrat, war sie fast wieder nüchtern.

5.

Im Zimmer war es dämmrig. Die Lampe auf dem Klavier beleuchtete eine Ecke des Wohnraums und färbte die Wände dunkelorange. Das Instrument stand, seit auch Katarína weggegangen war, vergessen herum, nutzlos und sperrig wie eine Telefonzelle. Ein Kollege ihres Vaters hatte es ihm für viertausend tschechische Kronen überlassen, er ging für den Ruhestand nach Orava zurück, und allein der Transport hätte ihn schon mehr gekostet. Sie waren sich sofort einig geworden, ihr Vater hatte keine Zweifel gehabt, was nur selten vorkam. Neben dem Klavier die geschmückte Kiefer, bunte Lichterketten in Schneemannform, die Nadeln standen in ungleichmäßigen Büscheln von den Zweigen ab, der Baum sah aus wie ein festlich herausgeputzter Bauer. Die Mutter saß im Sessel und blätterte in einer Fernsehzeitschrift, auf der Rückseite war ein Mosaik aus nackten Frauen abgebildet, deren Intimbereich von Telefonnummern verdeckt war.

Katarína ging durchs Wohnzimmer und blieb vor dem Weihnachtsbaum stehen.

„Du bist ja schon wieder da", ihre Mutter klappte die Zeitschrift zu und warf sie auf den Boden.

Man hörte das leise Brummen der Leuchte unter dem Lampenschirm, Katarína dachte, vielleicht würde sie demnächst explodieren; sie schob ihre Hand unter das Gummiband, das ihre Haare zusammenhielt, und kratzte sich im Nacken.

„Ich bin müde."

„War Mirka auch da?"

„Viera hat mich zu sich nach Italien eingeladen."

Die Mutter runzelte die Stirn. „Es ist wirklich hoffnungslos mit dir."

Sie sprang von ihrem Sessel auf und verschwand in der Küche. Katarína folgte ihr. Auf dem Tisch stand ein kleiner Turm aus Porzellantellern.

Die Mutter holte ein Küchentuch, fischte zwei Kuchengabeln aus der Spüle und rieb sie mit heftigen Bewegungen trocken.

„Was willst du denn da?" Sie öffnete die Besteckschublade und warf die Gabeln hinein, dass es schepperte.

„Ich weiß ja noch gar nicht, ob ich fahre, ich hab noch nichts entschieden."

„Du weißt nicht, du weißt nicht."

„Mama, reg dich nicht auf, es gibt keinen Grund dafür."

Die Mutter warf die Schublade mit einem Hüftschwung zu.

Im Flur waren Schritte zu hören, dann erschien Jojo in der Tür. Die offenen Haare fielen ihm bis auf die Schultern, sein Gesicht war zerknittert, er hatte eine tiefe Falte mitten auf der Stirn.

„Was ist denn hier los?", fragte er. „Olga hat eine Stunde gebraucht, um Magdalénka zum Einschlafen zu bringen, denn sie wollte auf dich warten."

„Ich wusste gar nicht, dass ihr hier schlaft." Katarína begann sich wieder nervös zu kratzen.

„Seit wann interessiert dich, was zu Hause passiert?", knurrte ihre Mutter, dann packte sie die Teller von Großmutter Gitka und rauschte aus der Küche. Sie hörten, wie sie die Teller auf dem Parkettboden abstellte, den Wohnzimmerschrank öffnete, sie hineinräumte und die Schranktür mit einem dumpfen Schlag ins Schloss warf. Jojo rollte die Augen zur Decke.

Als sie wieder in die Küche kam, stemmte sie die Hände in die Hüften und wies auf ihre Tochter: „Jetzt will sie nach Italien, zu ihrer Freundin Viera. Als ob nichts wäre."

„Was willst du denn da?", fragte Jojo.

„Das hab ich sie auch schon gefragt!"

„Silvester feiern, nehm ich mal an", Katarina kratzte sich immer noch und fühlte plötzlich, wie die Haut hinten im Nacken weich und feucht wurde.

„Tu die Hand da weg, verdammt nochmal!", schrie die Mutter.

„Sei still!", sagte Jojo und zog schnell die Tür zu.

Katarína ließ den Arm sinken. Zeige- und Mittelfinger waren blutverschmiert.

„Immer machst du dich kaputt", das Augenlid ihrer Mutter zuckte, sie holte weitere Kuchengabeln aus der Spüle.

„Tu die wieder zurück", hielt Jojo sie auf, „das kannst du auch morgen früh noch machen. Und du wasch dir mal die Hände. Also, wenn Katka nach Italien will, sehe ich nicht, wo das Problem sein soll."

Katarína öffnete den Wasserhahn und hielt die Finger unter den unsichtbar dünnen Strahl: „Sie ist es doch, die überall Probleme sieht", sie zeigte auf ihre Mutter.

„Konntest du nicht einfach so heiraten wie Mirka? Einen normalen Mann, nicht so einen eingebildeten Schnösel?"

Katarína wandte sich um und stützte die Hände hinter sich auf die Spüle. Das Augenlid ihrer Mutter zuckte immer noch, es erinnerte sie an die Leuchte im Wohnzimmer. „Mama, was zum Teufel willst du von mir?", fragte sie ganz langsam und deutlich.

Ihre Mutter riss die Augen auf, sie wirkte benommen, ein verloren gegangenes Kind, dachte Katarína. Und dann, vielleicht um wieder zu sich zu kommen, um die Ordnung wiederherzustellen oder vielleicht einfach nur instinktiv, gab sie ihrer Tochter eine Ohrfeige.

Keiner der drei sagte etwas. Die Erste, die sich wieder bewegte, war die Mutter: Sie hängte das Küchentuch über die Stuhllehne, strich es mit den Händen glatt, als wäre es ein Vorhang, pickte einen Brotkrümel vom Tisch, ließ ihn in die Spüle fallen und ging schlafen.

Katarína lag unter der Bettdecke und lauschte. Einmal hatte das Haus beinahe gebrannt. Es war 1988, und sie hatten für Weihnachten eine Tanne gekauft. „So wie die im Westen", wiederholte ihre Mutter ständig, während sie glitzernden Schmuck an die edlen Zweige des Baumes hängte. An Heiligabend vergaß ihr Vater, die Baumbeleuchtung auszuschalten, und es gab einen Kurzschluss. Die Schreie ihrer Mutter weckten sie auf: „Du bist ein Idiot, ein Versager, du bist zu gar nichts gut." Jojo in seinem Bett hatte sich nicht gerührt; wenn sie sich anschrien, wurde er immer ganz starr. Katarína hatte ihren Kopf unters Kissen gesteckt, um sich vor dem Rauch zu schützen, manchmal schob sie ihn heraus, um zu schnuppern, die Luft schien wieder sauber zu sein. Als es im Haus still wurde, zählte sie bis fünfzig und glitt aus dem Bett.

Im Salon roch es noch leicht verbrannt, und die Tanne, deren vorderen Zweigen nun die Nadeln fehlten, hing schräg zur Seite, sie sah aus wie das Skelett eines Fächers.

Ihre Mutter hatte nie gelernt, einzustecken; sie wehrte sich immer, wenn das Schicksal ihr seine Version der Tatsachen vorführte. Ihre Ohrfeigen taten nicht weh, nur Jojo fürchtete sich vor ihnen – das eigentlich Gefährliche waren die Worte. Dora waren auch die egal.

Sieben Jahre hatte Katarína Dora nicht mehr gesehen. Am 2. Oktober 1998 war sie gegangen, und seitdem hatten sie zweiundzwanzig Mails und vierzehn Nachrichten ausgetauscht. Dora hatte Katarína neunmal angerufen; dabei hatte ihre Stimme trotz allem immer klar und sicher geklungen.

Damals hatten sie sich gestritten, Dora und die Mutter. Ohne diesen Streit wäre sie vielleicht erst später gegangen, aber gegangen wäre sie auf jeden Fall. Das allerdings war Katarína erst im Nachhinein klargeworden.

An dem Abend hatte sie ihre Eltern in der Küche angetroffen, sie aßen gerade *bundášiky*, frittiertes Brot im Eimantel. Jojo war nicht da, er kam oft nicht zum Abendessen, genau wie Dora. Katarína war die Einzige, die sich verpflichtet fühlte, mit den Eltern zu essen. Im Juni hatte sie das Gymnasium abgeschlossen, die Vorlesungen an der Uni würden wenig später beginnen. In der Zwischenzeit verbrachte sie ganze Tage bei Viera vor MTV. Aber zum Abendessen kam sie immer nach Hause. Auf dem Tisch stand eine offene Flasche Rotwein. Katarína nahm sich ein sauberes Glas und füllte es mit Wasser aus dem Hahn. Ihr Vater rückte auf der Bank zur Seite, um ihr Platz zu machen. Katarína griff nach dem Ketchup und verteilte ihn auf ihrem *bundášik*.

„Wo ist deine Schwester?", fragte die Mutter.

Dora arbeitete als Bedienung im Pub Prašná Bašta beim Michaelertor im Zentrum von Bratislava. Sie hatte es geschafft, zuerst von der Fakultät für Literatur und dann auch von der für Ingenieurswesen zu fliegen. Das Prašná Bašta gefiel ihr, dort gingen die Studenten der VŠMU ein und aus, der Hochschule für Musische Künste: die Künstler der Zukunft. Wenn sie überhaupt nach Hause kam, dann spät. Die Frage ihrer Mutter ergab also keinen Sinn.

In diesem Augenblick war das Geräusch von Schlüsseln in der Wohnungstür zu hören. Katarína wünschte sich, es wäre Jojo. Aber in die Küche kam Dora. Sie hatte ihre Schuhe noch an, baute sich vor dem Tisch auf und blickte in die Runde. Dann sagte sie: „Ich habe gekündigt."

Sie wirkte sehr zufrieden, so als hätte sie endlich eine wichtige Aufgabe zu Ende gebracht.

Die Mutter schwankte vor und zurück wie ein Bäumchen beim ersten Windstoß.

„Warum?", fragte sie.

Dora lächelte, holte sich ein leicht verbranntes *bundášik* und biss hinein. Die Frage blieb über ihnen in der Luft hängen. Katarína hörte auf zu kauen. Verstohlen beobachtete sie die beiden Frauen: Dora zermalmte im Stehen das Brot wie der Riese in der *Unendlichen Geschichte* die Steine, ihre Mutter hatte die Hände flach auf den Tisch gelegt. Auf Katarína wirkte das zunächst wie eine Geste der Kapitulation, und für einen Augenblick hoffte sie auf einen friedlichen Abend.

„Ich hatte die Nase voll", antwortete Dora schließlich.

Die Hände ihrer Mutter griffen nach der Tischdecke, sodass die Teller ein Stückchen in ihre Richtung rutschten. Das war der Moment für Katarína, vom Tisch aufzustehen, sich für das Essen zu bedanken und sich in ihr Zimmer zurückzuziehen. Sie hatte das schon oft genug ausprobiert; wenn sie es schaffte, diesen einzig möglichen Fluchtweg anzutreten, konnte sie sich mit *Murder Ballads* von Nick Cave and The Bad Seeds aus dem Kopfhörer einschließen. Aber diesmal tat sie es nicht. Dora hatte ein Funkeln in den Augen, ein Leuchten, das neu war und sie noch dreister erscheinen ließ als sonst.

Erwartungsgemäß ging ihre Mutter nun zum Angriff über: Es drehe sich nicht die ganze Welt nur um Dora, so könne sie nicht weitermachen, einfach das Studium oder die Arbeit hinschmeißen, wie es ihr gerade passe, sie könne sich nicht ihr ganzes Leben lang wie eine Null benehmen. Eine Null war sie absolut nicht, das wusste die Mutter genau, und gerade deshalb versuchte sie, Terrain gutzumachen, indem sie sie beschimpfte. Dora war die Intelligenteste von ihnen allen, und manchmal machte es ihr Freude, die anderen darauf hinzuweisen. Die Welt zu bekämpfen, inklusive ihrer Mutter, war für sie eine Frage des Überlebens.

Dora nahm sich ein weiteres *bundášik,* jetzt aß nur noch sie, denn auch der Vater hatte aufgehört.

Die Mutter schluckte. Katarína dachte, auch sie habe vielleicht das Funkeln in Doras Augen gesehen.

Aber dann griff ihre Schwester nach der Flasche und hob sie hoch, um nachzuschauen, wieviel Wein noch da war.

„Weißt du, Mama, du bist ein großartiges Vorbild. Nie will ich so enden wie du!"

Bei diesen Worten war der Blick ihrer Mutter genauso hart geworden wie gerade vorhin in der Küche.

Katarína fasste sich an die Wange, vielleicht war sie nicht einmal rot. Die Ohrfeige tat mehr drinnen weh als äußerlich. An dem Abend, als Dora heimgekommen war, um bekanntzugeben, dass sie im Prašná Bašta gekündigt hatte, schrie ihre Mutter sie an, sie sei verdorben, eine verdorbene Tochter, und das war das Wort, das Dora den Rest gegeben hatte, der berühmte letzte Tropfen. Katarína stand vom Bett auf, holte ihren Laptop aus der Tasche und schaltete ihn ein. Der Computer erleuchtete ihr Gesicht, sie setzte sich auf dem Boden, den Rücken gegen das Bett gelehnt, zog mit einer Hand die Daunendecke zu sich herunter und deckte sich zu. Sie begann zu tippen, sobald das Fenster „Neue Nachricht" erschien. Normalerweise überlegte sie sich immer, was sie an Dora schreiben sollte, nahm sich Zeit, wählte ihre Worte, aber jetzt schrieb sie einfach drauflos. „Ich bin in unserem alten Zimmer, nur ich allein, Eugen ist dieses Jahr nicht mitgekommen. Unsere Mutter glaubt, meine Ehekrise sei meine Schuld, und wir haben gerade gestritten. Und wie geht es dir? Du fehlst mir wie noch nie."

Katarína legte den Computer weg, er war plötzlich schwer geworden, eine schmale Last. Sie löschte den letzten Satz wieder, Buchstaben für Buchstaben, in dem stillen Raum hörte sich das an wie ein Rhythmus oder eine Morsenachricht.

„Viera lässt dich grüßen. Sie fragt immer nach dir, wie damals auf dem Gymnasium, als sie immer wissen wollte, was du machst, was du studierst, wo du arbeitest. Für uns warst du die Große, weit über uns. Ich glaube, für Viera bist du so etwas wie ein Vorbild, sie ist jetzt so selbstsicher, oder vielleicht sehe ich sie auch nur so.

Es ist komisch, in diesem Zimmer zu sein und deine Stimme nicht zu hören, ich habe mich noch nicht daran gewöhnt. Frohe Weihnachten."

Sie drückte auf „Senden" und klappte den Computer zu, legte ihn auf den Boden und streckte die frei gewordenen Beine aus. Da fiel ihr ein, dass sie ihren Namen gar nicht daruntergeschrieben hatte, und dieses Detail störte sie: Es war, als hätte sie die Tür nicht zugemacht, obwohl sie doch immer gegen Durchzug kämpfte. In ihre Decke gewickelt, legte sie sich aufs Bett, ihr Kopf schien leer und weniger schwer geworden zu sein, und es fiel ihr seltsam leicht, in den Schlaf hinüberzugleiten.

6.

Katarína setzte sich aufs Bett und rieb sich das Gesicht. Bunte Päckchen mit Streifen, Punkten und weihnachtlichen Mustern tauchten vor ihren Augen auf. Sie hatte ein unangenehmes Pfeifen in den Ohren und begriff daher nicht, was vor sich ging. Als sie ihre Schläfen berührte, ließ der Lärm etwas nach. Sie öffnete die Augen erneut und streckte die Arme aus, um Magdalénka zu helfen, die zu ihr aufs Bett wollte. Die Kleine war noch im Schlafanzug, ihr Körper ganz warm. Auf der Nase hatte sie einen Kakaofleck. Am Morgen des 25. machte Katarínas Mutter immer *bábovka*, Kranzkuchen, zum Frühstück, und dazu Milch mit Kakao und Sahne.

Magdalénka hatte ihr die Geschenke gebracht, die Katarína am Vorabend nicht ausgepackt hatte. Katarína fragte sich, wie oft ihre Nichte wohl hin- und hergelaufen war, um all diese Päckchen in Reih und Glied auf ihrer Bettdecke zu drapieren. Sobald sie bei ihr auf dem Bett saß, nahm Magdalénka eins davon in die Hand, nestelte an dem silbrigen Papier herum, bis es riss, und stieß einen kleinen Freudenschrei aus.

Katarína half ihr, ein Stück Tesafilm abzuziehen. Sie packten zwei Paar Feinstrumpfhosen mit niedrigem Bund aus, ein schwarzes T-Shirt mit der Glitzeraufschrift BE/AS/YOU/ARE und ein Buch mit Stickanleitungen. Sie konnte gar nicht sticken. Ihre Mutter sah in ihr anscheinend immer noch den Teenager, den man auf die richtige Spur setzen musste.

Dann suchte Magdalénka ein rotes Päckchen aus, darin waren ein kleiner Elefant mit erhobenem Rüssel und ein Dankeskärtchen von ihrer Anfängergruppe. Sie hatte die Geschenke ihrer Kursteilnehmer mit nach Bratislava genommen. „Ich lege sie unter den Baum", hatte sie gesagt. Vor ihnen wollte sie sie nicht öffnen, denn sie hätte es nicht fertiggebracht, sich dankbar, überrascht oder glücklich zu zeigen. In einem anderen Päckchen eine Tasche mit dazu passendem Gürtel und eine Packung Tee der Marke Teekanne. Olga war eine Expertin für Kräutertees, und Jojo schenkte gern immer zwei Sachen zusammen, Hut und Schal, Schuhe und Strümpfe. Ein anderes Geschenk der beiden enthielt eine rote Tasse mit blauen Streifen und eine blaue mit roten Streifen. Auf dem Papier standen die Initialen K+E. Katarína war betroffen, sie schob die beiden Tassen zur Wand, mit einem Geschenk für Eugen hatte sie nicht gerechnet. Ein Fotobuch über Prag trug auf der ersten Seite die Unterschriften aller Teilnehmer ihrer Fortgeschrittenengruppe. Katarína ließ die Schultern hängen, sie mochte diese Gruppe, brachte sie aber immer mit dem Abend in Verbindung, an dem Eugen gegangen war. Wenn sie dort unterrichtete, erinnerte sie sich an die Worte auf dem Zettel, den er ihr hinterlassen hatte; manchmal übersetzte sie sie ins Italienische, dann taten sie weniger weh.

Magdalénka stieg vom Bett, bemerkte dabei noch ein langes, schmales Päckchen und gab es Katarína. Der Postbote hatte es vor zwei Tagen gebracht, wie sie später von ihrer Mutter erfuhr. Darin war ein handgemachtes Kästchen mit einem winzigen Leinenkissen, auf dem ein Blatt lag: ein Herbstblatt mit kleinen Löchern längs der Äderung und einem gezackten Rand. Es war aus Kupfer, an seinem Stiel war eine dünne Kette befestigt. Auch eine Karte war dabei: „Für dich. Niemand ist perfekt, und das ist schön, finde ich. E."

Weihnachten vor zwei Jahren hatten sie bei Eugens Eltern verbracht. Katarína hätte lieber alleine mit ihm gefeiert, aber Eugen hatte darauf bestanden: „Das sind wir ihnen schuldig, wir haben so geheiratet, wie wir es wollten, und jetzt feiern wir Weihnachten so, wie sie es wollen." „Sie", das war Eugens Familie. Eugen hatte Katarína extra mit in die Stadt genommen, um ein Kleid für den Anlass zu kaufen.

„Warum soll ich mir denn ein neues Kleid kaufen?"

Eugen hatte ihr einen Kuss gegeben. Vielleicht wollte er einfach nur, dass sie an Heiligabend schick war, die Schickste von allen. Das Geschäft war in der Altstadt, es hieß *Tvůj Styl* und sah aus wie das Foyer eines Fünf-Sterne-Hotels. Eine Verkäuferin mit einem komplizierten Dutt kümmerte sich um Katarína. Sie fanden ein ärmelloses „Kleines Schwarzes" mit einer kurzen weinroten Jacke. Die Verkäuferin empfahl ihr Schuhe mit Zwölf-Zentimeter-Absätzen, farblich passend zur Jacke. Als sie aus der Umkleide trat, stieß Eugen einen Pfiff aus. Er betrachtete ihr Spiegelbild, und auch die Verkäuferin schien zufrieden zu sein.

Zurück in der Umkleide, las Katarína die Preise auf den Etiketten. Sie fand das Ganze völlig verrückt, aber Eugen strahlte.

Die Wohnung von Eugens Eltern lag auf der Žatecká, nicht weit von der Karlsbrücke. Aus den Fenstern des Salons sah man ein Stück von der Prager Burg. An Heiligabend bot ein Kellner den Gästen am Eingang Champagner an, aus dem Inneren der Wohnung drang Musik. Katarína klammerte sich an Eugens Arm. Er trug Smoking, denselben wie bei der Hochzeit. Er nahm ein Glas vom Tablett, probierte kurz den Champagner und reichte es ihr weiter. „Gehen wir meinem Vater Hallo sagen, danach sind wir frei."

Sie fanden ihn im Salon. Die Möbel waren verschwunden, der Raum wimmelte von Gästen in Abendgarderobe, in der Ecke neben dem Fenster spielten ein Pianist, ein Kontrabassist und ein Schlagzeuger Jazzstandards. Robert, Eugens Vater, redete mit einer Gruppe Männer neben einem riesigen goldgeschmückten Tannenbaum.

„Eugen!", rief er, als er die beiden bemerkte. *„Come to us."*

Eugen nahm Katarína bei der Hand und wechselte zwei Sätze auf Englisch mit einem wuchtigen, angegrauten Mann.

Sein Vater sah Katarína an: *„Oh, you look amazing!"*

Katarína lächelte, sie fühlte sich unbehaglich.

Eugen schaltete sich ein: „Robert, wir wollen euch nicht stören. Wo ist denn Mama?"

Eugens Vater zeigte mit einer unbestimmten Handbewegung in Richtung Küche.

„Du nennst ihn also Robert", stellte Katarína fest, als sie sich entfernten.

„Bei solchen Anlässen will er es so."

„Wer ist der Amerikaner?"

„Wer? Ben? Das ist der Präsident der Xeniva International."

In der Küche befanden sich außer Alena, Eugens Mutter, auch seine Schwester Lenka und ihr Freund. Alena kam ihnen entgegen, um sie zu begrüßen, küsste flüchtig Katarínas Wange, bewunderte ihr Kleid und entschuldigte sich dann: Sie müsse sich um die Kellner kümmern. Tatsächlich verließen gerade einige mit Tabletts voller salziger Törtchen, Käsestangen, Linzerkeksen, *vanilkové rohlíčky* und *medvědí tlapky* die Küche. Eine Frau im blauen Kostüm wies sie an, in welche Zimmer sie gehen sollten.

„Meine Mutter macht sich gerne wichtig, dabei muss sie eigentlich überhaupt nichts tun, aber sie langweilt sich eben mit diesen ganzen Managern", Eugen berührte Katarínas Jacke.

„Managern wie dir?", warf sie ein.

Er lächelte. „Wir sind ganz anders." Mit diesem „wir " meinte er auch Katarína. Plötzlich fühlte sie sich lächerlich in ihrem neuen „Kleinen Schwarzen". Ihre Füße schmerzten, sie hätte sich gern die Schuhe ausgezogen.

Lenka kam auf sie zu, sie wirkte ein wenig angetrunken, oder vielleicht langweilte sie sich auch nur, wie ihre Mutter. Auch sie war Jahrgang '78, wie Katarína, aber sie studierte noch. Sie sollte Ärztin werden, zumindest war das der Ehrgeiz ihres Vaters. Katarína bemerkte, dass ihr Freund jetzt ein anderer war als der, mit dem sie auf ihrer Hochzeit gewesen war. Lenka trug ein langes Kleid mit breitem Gürtel, auf dem die Marke Louis Vuitton gut zu erkennen war. Sie sah Katarína an, mit demselben Gesichtsausdruck wie vorher ihr Vater, als er zu ihr gesagt hatte: *„Oh, you look amazing!"*, dann lächelte sie ihr zu. Katarína begriff, dass Lenka und sie, wäre sie immer so gekleidet, Freundinnen werden könnten.

„Ich muss mal kurz auf die Toilette", flüsterte sie Eugen zu.

Als sie dort auf der Schüssel saß, zog sie die Schuhe aus, und es fühlte sich an, als würde das Blut endlich wieder in die Zehen zurückfließen. Sie versuchte sie zu bewegen, das war angenehm, aber auch schmerzhaft.

Zurück im Salon, suchte sie nach Eugen. In der Küche waren nur Alena und die Frau im blauen Kostüm, auf dem Tisch standen Tabletts, auf denen sich Obst türmte. Alena deutete auf etwas in der Mitte und schüttelte den Kopf. Eugens Mutter war zierlich, einmal hatte sie Katarína erklärt, sie leide an sehr vielen Lebensmittelunverträglichkeiten und könne fast nichts essen.

Sie fand Eugen in seinem alten Zimmer, er hatte einen Ellbogen aufs Klavier gestützt und redete mit einer Frau. Sie war um die vierzig, hatte ein spitzes Gesicht und nickte zustimmend. Im Zimmer war auch eine Gruppe Jugendlicher, die in unregelmäßigen Abständen in Gelächter ausbrachen, ein unvorhersehbarer Geräuschvulkan. Katarína blieb auf der Schwelle stehen, einer der Jungs hatte sie bemerkt und den Rest der Gruppe zum Schweigen gebracht. Für einen Augenblick herrschte Stille, und alle starrten sie an, dann drehte Eugen sich um und mit ihm auch die Frau, mit der er gerade sprach. Eugen verabschiedete sich von ihr und ging zu Katarína.

„Wer ist das?", fragte Katarína, als sie schon im Flur standen.

„Geht's dir gut?", Eugen nahm ihre Hand, die ganz steif war.

Sie hob das Kinn.

„Das ist meine Kusine Libuše."

„Du hast mich gar nicht vorgestellt", Katarína zog ihre Hand weg, um sich im Nacken zu kratzen.

Eugen versuchte wieder, nach ihrer Hand zu greifen, aber sie entwand sich ihm erneut.

„Aber ist schon gut, sie interessiert mich gar nicht", sagte sie und ging auf den Salon zu. Eugen folgte ihr schweigend.

„In einer halben Stunde am Eingang", flüsterte er ihr ins Ohr und ließ sie stehen, mitten in einer Feier, wo sie nicht hingehörte.

Später zu Hause stritten sie sich. Dann schliefen sie miteinander. Erst danach tauschten sie ihre Weihnachtsgeschenke aus. Eugen schenkte ihr eine Swatch mit violetten und orangefarbenen Kreisen, sie ihm *La bella estate* von Pavese in tschechischer Übersetzung. Sie schlief mit dem Plastikarmband am Handgelenk ein, Eugen liebte symbolische Geschenke, vielleicht glaubte er wirklich daran.

Jetzt also saß Katarína im Bett, die Beine unter der Decke, und hielt in einer Hand die Karte mit der Widmung, in der anderen das kupferne Blatt. Beides zitterte. Das Blatt sah zerbrechlich aus. Eugens Worte zogen vor ihren Augen vorüber: „Niemand ist perfekt." Sie stellte den Satz auf den Kopf, um seinen Sinn genauer zu erfassen: „Alle sind unvollkommen." Was wollte Eugen damit sagen? Dass er es war, dem die Perfektion fehlte, oder vielleicht eher, dass sie wie das Blatt lauter kleine Löcher in sich hatte?

7.

Das Café Umelka war leer, hinter dem Tresen stand ein blondes Mädchen, das sie noch nie gesehen hatte. Sie bestellten zwei Wiener Kaffee mit Sahne. Viera war blass, sie berichtete, sie sei, nachdem sie Katarína begleitet hatte, zurück nach Hause gegangen und habe sich neben Daniela unter den Baum gelegt. Ihre Mutter sei überrascht gewesen, als sie die beiden am nächsten Morgen so fand. Gegen sieben habe Danielas Wecker geklingelt, sie musste zurück zu ihrer Schwester, die beiden wollten zusammen den Zug nach Čadca nehmen.

Viera und Katarína schwiegen eine Weile.

Es war seltsam, sich wieder dort zu treffen. Katarína hatte gedacht, das würde nie mehr vorkommen – seit Viera nach Verona aufgebrochen war, mied sie das Lokal. Im Herbst des zweiten Unijahres hatten sie angefangen, regelmäßig hierherzukommen. Zwischen zwei Lehrveranstaltungen flüchteten sie sich an diesen Ort, der ein Treffpunkt für Studenten, Professoren und Angestellte der Uni war. Inmitten von Zigarettenrauch und Stimmengewirr hatte ein Blick genügt, um einander zu verstehen.

Vielleicht hatte sie auch deshalb am Morgen, nachdem sie Eugens Geschenk ausgepackt hatte, eine Nachricht an Viera geschrieben: „Café Umelka um 10?"

„Wie läuft dein Studium?", brach Katarína das Schweigen.

„Das ist fertig, ich habe die Arbeit im September abgegeben."

„Über was hast du am Ende eigentlich geschrieben?"

„Über italienische Sprachdidaktik im Ausland."

Katarína nickte, sie brachte es nicht fertig, weiterzufragen. Viera gab sich einsilbig: Es war ihre Art, abzustreiten, dass sie ihren Freundinnen vor drei Jahren die Möglichkeit verschwiegen hatte, an der Ausschreibung für dieses Stipendium teilzunehmen. Sie schnitt eine Grimasse, die Katarína nicht deuten konnte. So als ob nach der Zeit, die sie jede für sich verbracht hatten, die Worte und Gesten nicht mehr ausreichten, mit denen sie vorher immer kommuniziert hatten. Viera ließ ihre Zunge im Mund hin- und herwandern und fügte dann hinzu: „Ich habe ein Mädchen kennengelernt, wir waren zusammen, es hat nicht lang gedauert, weil sie wieder nach Trient zurückgegangen ist, ihre Stadt hat ihr zu sehr gefehlt. Auch in Italien ist es sehr wichtig, wo du herkommst."

Katarína schlürfte ihren Kaffee und versuchte sich dieses Mädchen zusammen mit Viera vorzustellen. Irgendetwas an diesem Bild stimmte nicht, aber sie konnte nicht herausfinden, was es war. Deshalb fragte sie: „Und die Professoren? Wie haben sie dich behandelt?"

„Ich war nur eine von vielen, weißt du, keiner nimmt dich wirklich wahr, das ist vielleicht das Komischste, wenn du im Ausland lebst: Ein Teil von dir ist einfach unsichtbar."

„Aber das ist doch immer so", wandte Katarína ein, „erinnerst du dich noch, wie wir das auch mit der D'Angelo diskutiert haben?"

Viera lehnte sich in ihrem Sessel zurück, und Katarína bereute, den Namen ausgesprochen zu haben. Ihre morgendlichen Gespräche mit der Dozentin aus Parma hatten sich oft um solche Themen gedreht.

Die D'Angelo hatte beim Unterrichten eine kräftige Stimme, die im Raum widerhallte, und eine sehr selbstbewusste Art – ein richtiges Energiebündel. Sie war eine sehr aufmerksame Sprachdozentin und ermutigte die Studenten, auch komplexeste Sachverhalte auf Italienisch auszudrücken. Die meisten von ihnen neigten dazu, mit kurzen und einfachen Sätzen zu antworten, um keine Fehler zu riskieren. Aber sie wiederholte immer wieder: „Wenn du keine Fehler machst, lernst du nichts." Sie war es gewesen, die die Konversationsstunden eingerichtet hatte, als private Initiative außerhalb der Uni. „Die Sprache muss fließen, sie muss sich bei euch einnisten, an Orte vordringen, an die ihr nie gedacht hättet."

„Hast du sie wiedergetroffen?", fragte Katarína.

„Ja, ein paarmal. Sie hat mich besucht. In Italien wirkt sie noch jünger, ich kann's dir nicht erklären, sie ist so ...", Viera schüttelte den Kopf, das richtige Wort fiel ihr nicht ein, „so elektrisch. Es ist, als hätte die Rückkehr zu ihren Wurzeln sie zusätzlich aufgeladen. Sie ist kaum zu ertragen."

Sie hatten sich immer freitagmorgens getroffen, die Dozentin öffnete dann die Tür zu ihrer Wohnung mit großer, theatralischer Geste. Sie wohnte in der Bezručova, in einem historischen Wohnhaus unweit der Blauen Kirche, zehn Minuten zu Fuß von der Fakultät für Romanistik. Beim ersten Mal hatten sie draußen vor dem Eingang auf der Straße gewartet, auf der Klingel stand: „Barbara D'Angelo". Dann kam ein hochgewachsenes Mädchen mit schwarzen Haaren dazu – das sich später als Daniela vorstellen sollte – und drückte, ohne sie alle zu beachten, auf den Namen. Die Tür öffnete sich sofort. Oben bei der Dozentin trafen sie auf Mirka, die schon da war. Die Mädchen kannten sich alle vom Sehen, hatten die Erstsemester-Einführung in die italienische Literatur und Kultur besucht, aber bis auf Viera und Katarína hatten sie noch nie miteinander gesprochen.

„Wenn sie verlegen ist, redet sie noch lauter", sagte Viera jetzt leise und räusperte sich. „Sie ist zu mir nach Verona gekommen, wir haben uns ein Hotelzimmer in der Nähe von meinem Wohnheim gebucht, und sie hat mich in der Stadt herumgeführt. Sie war wie eine Reiseleiterin, hat mir Julias Balkon gezeigt, der total vollgestopft mit Leuten war, und dann in einer kleinen einsamen Seitenstraße Romeos Haus. Es ist privat und nicht für die Öffentlichkeit zugänglich, aber wir konnten trotzdem rein, weil sie den Besitzer kennt. Sie hat die ganze Zeit geredet, ich kam gar nicht mehr hinterher, so als würde sie mir im Grunde ausweichen."

„Warum glaubst du das?"

Viera hob die Hände und fuhr sich heftig durch die Haare.

„Kann ich Ihnen noch etwas bringen?", die blonde Bedienung kam an ihren Tisch, ohne dass sie sie vorher bemerkt hatten, und räumte mit einer raschen Bewegung die leeren Tassen und die Kaffeelöffel ab.

Viera bestellte einen frisch gepressten Orangensaft. Das Mädchen hielt einen Moment inne und antwortete dann schroff: „Okay."

Als sie weg war, flüsterte Katarína auf Italienisch, so als wäre das immer noch ihre Geheimsprache: „Die ist beleidigt."

„Die ist beleidigt, weil ich einen Orangensaft bestellt habe?"

„Nein, weil du sie geduzt hast."

„Oh, wie konnte ich nur!", rief Viera, und beide versuchten, ein Lachen zu unterdrücken.

Viera beugte sich vor und stützte sich auf die Armlehne: „In Italien sind sie beleidigt, wenn du sie nicht duzt."

Erneut fuhr sie sich durch ihre sehr kurz geschnittenen Haare, Katarína hätte sie gerne gefragt, woher sie die Idee zu diesem Schnitt gehabt hatte, oder auch den Mut.

„Ich ertrage diesen grauen Himmel nicht mehr", sagte Viera plötzlich, „ich würde am liebsten gar nicht mehr herkommen müssen."

„Wenn du nicht mehr herkommst, sehen wir uns auch nicht mehr."

„Das stimmt doch überhaupt nicht, ich habe diesen Fehlschluss so satt. Du kannst kommen, meine Mutter kann kommen, ich lebe achthundert Kilometer von hier, nicht am anderen Ende der Welt wie deine Schwester."

Katarína zog die Schultern zusammen und kreuzte die Arme.

„Entschuldige", Viera beugte sich über den Tisch, um ihr übers Knie zu streicheln, „entschuldige, ich fände es auch gut, wenn du mehr in der Nähe wärst, vielleicht kannst du ja dieses Mal wirklich mit mir mitkommen."

Katarína steckte die Hand in die Hosentasche, berührte Eugens Anhänger, den sie ihrer Freundin gerne gezeigt hätte, und drehte ihn zwischen den Fingern hin und her.

8.

Im vierten Stock hatte Viera an die Tür geklopft. Das Wohngebäude hatte keinen Aufzug, und die Treppenabsätze waren halbmondförmig mit jeweils zwei Türen an den Seiten. Sie hatte im Inneren keine Schritte gehört und auch keine anderen Geräusche. Sonst trug sie immer Schwarz, aber an diesem Tag hatte sie ein blauweiß gestreiftes T-Shirt angezogen: Es erinnerte sie an Madonna, in einem Video, auf das sie am Gymnasium ganz verrückt gewesen war. Vor der Tür hatte sie das T-Shirt mit einer Hand in die Hose gestopft, damit ihr Busen besser zur Geltung kam. Nach einer Weile öffnete sich das Schloss mit einem hörbaren Klicken, und die Tür ging langsam auf. Die Dozentin machte ihr ein Zeichen, sie solle eintreten. Sie lächelte, und Viera folgte ihr ins Wohnzimmer. Sie setzte sich auf das grüne Sofa, auf dieselbe Stelle, wo sie bei ihren Konversationsrunden am Freitagvormittag immer saß, zusammen mit den anderen. Jetzt kam ihr das Sofa größer vor, und sie stützte ein Knie gegen die Armlehne.

Viera brachte ein Buch von Natalia Ginzburg zurück, *Familienlexikon*, das ihr die Dozentin vor zwei Wochen geliehen hatte. An jenem Freitagvormittag hatten sie darüber diskutiert, die Dozentin hatte eine Passage vorgelesen, in der es darum ging, dass ein Wort oder ein Satz die Macht haben könne, die Vergangenheit heraufzubeschwören und im Bruchteil einer Sekunde die alten familiären Bindungen wiederherzustellen. Mirka hatte eingewendet, die Sprache erfinde sich doch ständig neu, und man könne und dürfe nicht zurück in die Vergangenheit. Die D'Angelo hatte sie neugierig angeschaut: „Es gibt Ausdrücke, die

die Atmosphäre einer historischen Epoche in sich tragen, es sind Zeugnisse von Denkweisen, die – wie du richtig sagst, Mirka – irgendwann verschwinden werden. Findest du nicht, dass ein Wert darin liegt, sie zu bewahren, dass es interessant und bereichernd sein kann, sie zu kennen?" Mirka hatte geschnaubt. „Schaut mal", fuhr die Dozentin fort, „wem von euch gefällt das Hotel Kyjev?" Alle lachten. Das Hotel Kyjev war eine Mietskaserne mit zwanzig Stockwerken neben Kamenné námestie, dem Steinplatz, nur ein paar Schritte vom Zentrum entfernt; es stammte aus dem Jahr 1973 und war nach dem Kanon der sowjetischen Architektur errichtet worden. Es war hoch, imposant und kantig, mit zu regelmäßigen Mustern angeordneten Fensterreihen. „Für euch steht es für die kommunistische Epoche, und deshalb mögt ihr es nicht, aber für mich ist es faszinierend. Ginzburg hat sich ein persönliches Hotel Kyjev errichtet: Nur indem man durch die Zimmer geht, die Luft dort drinnen atmet, die Teppiche und die Einrichtung betrachtet und die Gäste kennenlernt, kann man es verstehen und, wenn es denn sein muss, auch beurteilen."

Am Nachmittag desselben Freitags hatte die Dozentin auch im Uni-Seminar über Ginzburg gesprochen, später auf dem Gang hatte sie Viera angehalten und ihr das Buch gegeben. Und Viera, vielleicht um sich zu bedanken, hatte sie auf ein Bier eingeladen. Bis spät hatten sie zusammengesessen und sich unterhalten.

Die D'Angelo hatte ihr gestanden, dass sie in Parma niemals mit einer Studentin ausgegangen wäre, in Italien sei sie eine andere, eine völlig andere Person. Im Lokal war es warm, und die Dozentin zog ihre Bluse aus, sie saß dann in einem schwarzen Top da, aus dem ein fleischfarbener BH hervorschaute.

Zwei Wochen später klingelte Viera also unten an der Haustür und sagte in die Sprechanlage: „Ich komme, um Ihnen das Buch zurückzubringen." Die Tür ging auf, und sie schlüpfte hinein.

Und jetzt saß sie da auf dem grünen Sofa und rieb ihre Beine mit den Händen, als wäre sie unentschlossen, ob sie nicht aufstehen und gehen sollte. Dann kam die Einladung, zum Abendessen zu bleiben, auf dem Tisch standen überbackener Lauch, Tomaten mit Oregano, mit Thunfisch gefüllte Paprika und zwei Stück Mozzarella. Alles schmeckte hervorragend. Und leicht war es auch. Viera hatte noch nie so zu Abend gegessen. Die Gerichte ihrer Mutter waren eher eine Mischung aus vielen Zutaten, die man nur schwer auseinanderhalten konnte.

„Ich glaube, ich habe mich verliebt", rief sie aus und legte die Gabel auf den Teller, „und zwar in die italienische Küche."

„Hey, warte mal, ich koche gar nicht gut, du musst erst nach Italien kommen, dann reden wir nochmal drüber."

Viera lächelte, ihre Augen waren halb geschlossen, so als wollten sie etwas fixieren, was nur sie allein sehen konnten.

Die D'Angelo spülte das Geschirr vor und räumte es schnell in die Spülmaschine. Viera sah ihr fasziniert zu.

„Als ich umgezogen bin, habe ich zusammen mit der Waschmaschine auch die hier mitgenommen, die Leute von der Umzugsfirma wussten gar nicht, wohin damit, vielleicht hatten sie noch nie eine gesehen", die D'Angelo fing an zu lachen, „der Hauseigentümer hat mir geholfen, sie anzuschließen, er hat einen Installateur angerufen, und zusammen mussten sie erst mal einen Küchenschrank ausbauen."

Aus ihrer Stimme klang neben Amüsiertheit auch eine Spur Stolz, als wäre es ein Verdienst, dass es ihr gelang, die Welt zu formen, die sie umgab. Für Viera war es das tatsächlich.

Unter dem Kommunismus war Reichtum zu etwas geworden, was man verstecken musste, zu einer Schuld, einer Sünde. Das Gefühl, dem Leben vertrauen zu können und selbst würdig zu sein, es voll und ganz auszukosten, war unerreichbar wie eine Fata Morgana. Daran dachte Viera, während sie nach dem Essen an ihrem Wein nippte; sie saß auf dem Boden, den Rücken ans Sofa gelehnt. Sie dachte an ihre persönliche Fata Morgana, an ihr Verlangen, sich das zu nehmen, was das Leben ihr bot, ohne Zurückhaltung.

Die D'Angelo setzte sich neben sie und streckte die Beine

aus; sie legte eine Haarsträhne über die Wange bis unter die Nase, als wollte sie daran riechen. Auch Viera hätte gerne ihren Duft gerochen, aber sie starrte weiter auf die Beine der Dozentin. Einmal hatte sie sich mit Katarína bei einem Fest in der Toilette eingeschlossen, sie hatten sich vor dem Spiegel ausgezogen und jede ihre eigenen Brüste in den Händen gehalten. Viera hatte so getan, als wäre sie ein ungeschickter Jongleur, der es nicht schaffte, ihre zu kleinen Titten zum Fliegen zu bringen. Katarína lachte. Mit ihren hätte es schon geklappt, behauptete Viera, als man die beiden aus der Toilette schmiss.

„Ich fühle mich ein bisschen unwohl", gestand Viera der Dozentin.

„Warum? Da ist doch nichts dabei."

Viera nippte an ihrem Valpolicella und stellte das Weinglas auf dem Parkettboden ab. Sie schob es noch ein bisschen weiter weg und sah die D'Angelo an. Diese berührte ihre Wange, ganz leicht, wie man es bei Kindern tut. Sie rückte ein bisschen näher und flüsterte ihr ins Ohr: „Hier gibt es keine Schuld, die man büßen muss."

Ihre Haare streiften Vieras Wangenknochen, und der Duft, den sie ausströmten, war süß. Viera schloss die Augen, hielt den Atem an und senkte den Kopf, dann öffnete sie die Augen wieder. Sie rutschte mit dem Rücken tiefer, bis sie vollständig auf dem Boden lag. Eine Hüfte der D'Angelo berührte ihre Schläfe. So von unten gesehen ähnelte sie einer Sphinx, ihre Brüste waren rund wie die von Katarína. Viera zog sie an sich und umfasste ihre Taille, so blieben sie und sahen einander schweigend an, dann plötzlich küssten sie sich.

Sie rollten sich auf die Seite, Viera spürte, wie ihre Brüste ineinanderpassten, ein Puzzle, dachte sie. Ihre Zungen berührten sich sanft, wie ein Streicheln von innen. Sie hörte, wie das Blut in ihren Ohren pulsierte, die ganze Zeit blickte sie die Frau an, die sie gerade küsste. Die Dozentin dagegen hatte die Augen geschlossen, es schien, als erinnerte sie sich an etwas weit Entferntes, ihr Kopf lag auf dem Boden. Da löste sich Viera von ihr und küsste ihren Hals, ganz langsam. Die Haut war weich, dicker als ihre eigene, sie duftete auch stärker und war dunkler. Viera knöpfte ihr die Bluse auf, unter einem BH aus lila Spitze hoben sich die Brustwarzen durch den Satinstoff ab. Sie sah, wie die Hand der D'Angelo hinter ihrem Rücken verschwand, gleich darauf wurde der Stoff schlaff, Viera schob ihn mit der Nase zur Seite und leckte an der Brustwarze. Das war ein ganz neuer Geschmack, sie spürte, wie sich der Körper unter ihr bewegte, als wäre er durch ihre Berührung erwacht, dann streckte sie die Hand aus und fand den Knopf und den Reißverschluss der Jeans schon offen. Sie legte die Hand auf den Slip aus Satin und streichelte ihn sanft, während sie mit ihrer Zunge immer kleiner werdende konzentrische Kreise zeichnete. Einen Moment lang dachte sie an die Unterwäsche, die sie selbst trug, sie war schwarz, aber aus Baumwolle, in den Läden gab es ja nur das Nötigste, die BHs und Unterhosen waren praktisch, hygienisch und trostlos, noch nie hatte sie so zarte und zugleich provozierende Dessous gesehen. Um diesen Gedanken zu verscheuchen, leckte sie an ihrem Zeige- und Mittelfinger und schob sie in den lila Slip der Dozentin. Beide stöhnten. Dann hielten sie inne, um sich auszuziehen. Viera schlüpfte rasch aus ihrer Unterwäsche und schob alles unter die Jeans und das gestreifte T-Shirt.

„Darf ich dich fragen, wie alt du bist?" Die Dozentin sah sie an.

„Einundzwanzig."

„Ich hätte gedacht, fünfundzwanzig."

Viera lächelte.

„Und Sie?"

„Nenn mich Barbara", forderte die D'Angelo.

„Und du, Barbara?"

„Rate mal."

Viera nahm ihre Hand und führte sie zwischen ihre eigenen Beine. Ihre Münder klebten erneut aufeinander wie in einem Luftsog, ein Wirbel zu zweit.

„*Si krásna*", flüsterte ihr Viera auf Slowakisch zu.

„Du noch viel mehr", gab die Dozentin zurück. Viera wusste, dass das nicht stimmte: Weder die D'Angelo noch sie selbst waren wirklich schön, jedenfalls nicht so, wie Katarína das hätte von sich behaupten können, aber sie waren da, warm und lebendig. Und das gefiel Viera.

9.

Sie bezahlten und verließen das Café Umelka, Viera hatte der Kellnerin zwanzig Kronen Trinkgeld gegeben, damit sie ihr verzieh.

Im Bus saßen nur sie beide allein, ganz hinten, stumm. Katarína berührte noch immer den Anhänger in Blattform in ihrer Hosentasche. Sie hätte gerne so mit Viera geredet wie in der Nacht davor, aber es gelang ihr nicht. Vielleicht weil sie nichts getrunken hatten. Oder vielleicht weil Viera zu ihr sagen würde, sie solle das Blatt kaputtschlagen und es Eugen in tausend Stücken zurückschicken.

Sie verabschiedeten sich rasch und gingen in entgegengesetzte Richtungen davon.

„Sie hat wieder Kopfweh", informierte Jojo Katarína, kaum hatte sie die Wohnung betreten.

Seit Dora weggegangen war, litt die Mutter unter starken Migräneattacken. Die traten vorzugsweise an Feiertagen auf, und sowohl Katarína als auch Jojo konnten den Grund dafür erahnen. Wenn es soweit war, kniff sie die Augen zusammen, um sich vor dem Licht zu schützen, und redete ganz langsam, alles an ihr wurde langsam, es war, als müsste sie einen unsichtbaren Berg mit sich herumtragen.

„Wenn ihr mich nicht beachtet, geht es schneller vorbei", sagte sie immer, als ob das wirklich eine Lösung wäre. Jetzt stand sie mit einem Geschirrtuch um den Kopf in der Küche und kochte Mittagessen, sie sah aus wie eine Mischung aus Hausfrau und Terrorist.

Katarína begrüßte sie mit erhobener Hand, ihre Mutter kniff die Augen noch mehr zusammen und runzelte die Stirn.

„Es ist alles fertig; wenn wir mit Kochen erst auf dich warten müssten ...", sagte sie im Flüsterton. In diesem Augenblick hasste Katarína sie.

Magdalénka kam plötzlich durch die Wohnzimmertür gerannt, hinter ihr Olga, die versuchte, sie zu erwischen; zu spät, die Kleine schrie und hielt sich an den Beinen ihrer Tante fest.

Katarína kniete sich hin, um sie auf den Kopf zu küssen, wobei sich die feinen, duftenden Haare elektrostatisch aufrichteten. Sie tat, als müsse sie niesen, und ihre Nichte lachte. Dann ging Katarína in ihr Zimmer, klappte den Computer auf und checkte ihre Mails. Es gab eine mit Weihnachtswünschen von ihrer Kollegin Jitka aus Prag und dann eine Einladung zum Weihnachtskonzert des Chors der Comenius-Universität Bratislava.

Dora hatte ihr nicht geantwortet.

Sie griff nach ihrem Handy und tippte schnell: „Frohe Weihnachten."

Dann saß sie noch eine Weile da, den Blick abwechselnd auf den Computerbildschirm und auf ihr Handy gerichtet. Als ob die Tatsache, dass sie Eugen geschrieben hatte, eine Mail von Dora hervorrufen könnte.

Nichts passierte. Katarína seufzte, legte sich aufs Bett und starrte zur Decke. Dort war ein Riss. Als sie klein waren, hatte Dora immer behauptet, die Decke sei innen faul, und wegen des Risses in der Mitte werde sie bald einstürzen. Katarína schlief dann mit der Furcht ein, morgens unter Beton begraben wieder aufzuwachen. Oder Dora sagte zu ihr, aus dem Riss kämen Spinnen mit riesenlangen Beinen, die in der Nacht überall herumtasteten, um die beste Beute zu finden. „Dann suchen sie also dich aus, ja?", fragte Katarína ihre ältere Schwester mit ganz dünner Stimme. „Das ist nicht gesagt, immerhin hast du das zartere Fleisch", gab Dora zurück. Im Lauf der Jahre war es immer wieder vorgekommen, dass Katarína den Blick zu der schrägen Linie hob, als sei diese ein Post-it, das sie an etwas Wichtiges erinnern sollte.

Katarína setzte sich auf, griff erneut nach dem Computer und tippte „Dora" in ihr Mailprogramm, worauf sich die Liste der Mails öffnete, die sie ausgetauscht hatten.

Sie scrollte nach oben, um das Datum der zuletzt erhaltenen Antwort zu prüfen: Es war der 14. September 2005.

Da standen nur zwei Zeilen.

Doras Mails begannen immer auf dieselbe Art: „Mein Floh". Früher hatte ihre Schwester sie nie so genannt, aber dann hatte sie ihr einmal am Telefon erklärt, dass sie sich immer kratzen musste, wenn sie an sie dachte, und gelacht: „Immer, wenn ich an dich denke, juckt es mich." Da presste Katarína den Hörer ans Ohr und berührte die Wunde direkt unter ihrem Haaransatz: Daran hatte sie vorher gar nicht gedacht, Dora konnte nichts davon wissen, sie hatte erst nach ihrem Umzug angefangen, sich an dieser Stelle blutig zu kratzen. Katarína dagegen schrieb in ihren Antworten immer Dorotka und unterzeichnete mit Katka, das waren die Namen, die ihr Bruder manchmal für die beiden benutzte.

Dora hatte in ihrer letzten Nachricht geschrieben, sie sei nach Washington umgezogen, wohne nicht mehr in Rockville. Sie habe schrecklich viele *troubles* mit dem Umzug und mit Ian und könne deshalb nicht länger schreiben, werde sich aber melden, sobald sich die Situation beruhigt habe.

Seitdem hatten sie nichts mehr voneinander gehört.

Katarína schluckte. Sie wusste wenig von Doras derzeitigem Leben, ihre sporadischen Unterhaltungen gewährten ihr nur wenige, ungenaue Einblicke, wie unscharfe Bilder, die man durch einen Riss in der Wand erkennt.

Sie hatten sich nie persönlich kennengelernt, ihre Schwester und ihr Mann. Katarína hatte ihr ein Foto von der Hochzeit geschickt, und sie hatte kommentiert: „Wie wunderbar!" Eugen dagegen hatte sie ein Foto aus ihrer Kindheit gezeigt: Dora in der Hocke, damit sie die jüngere Schwester um die Hüfte fassen konnte; sie lachte und zeigte ihre weißen Zähne, Katarína zog einen Schmollmund.

„Warum warst du sauer?", hatte Eugen gefragt.

„Ich wollte nicht aufs Foto."

Katarína klappte den Laptop zu und schaltete das Handy aus.

Am Tag der Hochzeit hatten sie miteinander gesprochen, Eugen und Dora. Als nach der Trauung alle wieder zu Hause waren, hatte das Festnetztelefon geklingelt.

„Sie hat eine schöne Stimme", hatte Eugen bemerkt.

Jetzt betrachtete Katarína das Poster, das in ihrem alten Zimmer an der Wand hing: eine Abendstimmung in den Bergen, verschneite Gipfel, eine riesige, orangefarbene Sonne.

Beim Aufbruch hatte Dora nasse Haare. Sie sagte zu Katarína, sie solle im Wartehäuschen stehen bleiben, während sie dem Fahrer ihr Gepäck brachte. Der Bus nach Wien war voll, die Koffer derer, die am Flughafen Schwechat aussteigen mussten, sollten als letzte eingeladen werden. Dora kam tropfnass zu Katarína zurück.

Sie lächelte ihre jüngere Schwester an.

„Es regnet für uns", sagte Katarína. Die Wolken konnten schließlich machen, was sie wollten.

Dora nickte, dann drückte sie ihre Schwester an sich.

„Ich schreib dir, ich ruf dich an."

Wie willst du mich denn anrufen, dachte Katarína, wenn du wach bist, schlafe ich doch. Sie fühlte sich nicht wie zwanzig; wenn Dora bei ihr war, wurde sie immer wieder zum kleinen Mädchen. Sie zog die Nase hoch und machte dafür den besonders kalten Tag Anfang Oktober verantwortlich. Sie fühlte sich verlangsamt, in ihrem Kopf tauchten die Gedanken einer nach dem anderen auf.

„Ich habe Angst", sagte Katarína.

„Das brauchst du nicht", antwortete Dora, nahm Katarínas Hände und führte sie zum Mund, Katarína fühlte, wie ein warmer Hauch durch ihre Finger streifte. Dann wurde aus der Berührung ein Kuss, wie um etwas zu besiegeln. Dora trat zurück, der Motor des Busses startete. Im Regen stank der zentrale Omnibusbahnhof so sehr, dass einem übel wurde.

Ein Gefühl von Panik stieg in Katarína hoch, ihr Mund war trocken, sie sagte nichts, wartete nur, bis der Bus sich in Bewegung setzte, erst dann hob sie die Hand zum Winken. Dora gab dem Fensterglas einen Kuss.

Bevor sie nach Hause zurückging, streifte Katarína ziellos durchs Zentrum, blieb vor dem Michaelertor stehen, zitterte am ganzen Leib. Sie ärgerte sich über den Regen, weil er den Geruch ihrer Schwester von ihr abwusch. Noch hatte sie nicht begriffen, was Doras Abreise für sie bedeutete. Sie glaubte es zu wissen, aber dem war nicht so. Erst am Tag ihrer Hochzeit, als ihr Vater sie alle mit dem Auto nach Prag fuhr, begriff sie, dass sie nur noch zu viert waren, dass auf den offiziellen Hochzeitsfotos nur vier Familienmitglieder sein würden, für immer.

10.

Katarína lag in ihrem Hochzeitskleid auf dem Bett, sie war benommen, vor ihren Augen zogen die Bilder des Tages vorbei.

„Jetzt bin ich betrunken, ich verstehe gar nichts mehr und habe ein bisschen Angst, eine Dummheit gemacht zu haben", sagte sie lachend.

Eugen nickte. Er sagte nicht „Ich auch", und dafür war sie ihm dankbar. Es war der 27. September 2003, kurz vor Mitternacht, und sie waren gerade aus dem Restaurant Marina zurückgekehrt. Um zwölf Uhr desselben Tages hatten sie auf einem Floß gestanden, vor ihnen Lukáš, Eugens Kindheitsfreund, um sie herum die silbrige Oberfläche der Moldau. Bei der Verbreiterung an der Karlsbrücke war das Wasser ruhig, fast unbewegt. Sie hielten sich an der Hand und lächelten. Die Geräusche der Stadt drangen nur als sanfter Nachhall zu ihnen.

Die beiden Familien, die es noch nicht wirklich glauben konnten, und ihre Freunde erwarteten sie im Bugbereich des schwimmenden Restaurants. Ab und zu hörte man von dort aufmunternde Zurufe.

Unter dem schwarzen Smoking trug Eugen ein weißes Hemd, an den Ärmeln silberne Manschettenknöpfe: das Geschenk seines Vaters, sein im letzten Moment erteilter Segen.

Katarína trug ein langes Kleid in der Farbe des Flusses, sie sah aus wie eine Fee, ein Geist aus diesem langsam fließenden Gewässer. Sie hatte kein weißes Kleid gewollt, es kam ihr vulgär vor, eine vermeintliche Reinheit von Geist und Körper zur Schau zu stellen: Der Fluss war, obwohl er glitzerte, trüb, und sie fand es ehrlicher, ihm ähnlich zu sein. Am Morgen waren sie auf dem Rathaus gewesen und hatten mit Daniela und Lukáš als Trauzeugen die Papiere unterschrieben, ein simpler und schneller Akt. Dann waren sie zum Fluss gegangen, hatten das mit Astern geschmückte Floß bestiegen und das Ufer hinter sich gelassen.

Entschieden hatten sie es an einem Abend Ende Juni, Katarína war erst vor Kurzem nach Prag gezogen. Sie waren mit Lukáš und anderen Freunden von der Uni ausgegangen, hatten getrunken, und Eugen hatte sie „meine zukünftige slowakische Ehefrau" genannt. Zurück in ihrer Wohnung, sagte Katarína zu ihm, ja, sie sei Slowakin und werde ihr Leben lang Slowakin bleiben, sie hasse aber das Wort Ehe und alles, was die Ehe mit den Leuten mache. Familie sei das Grundübel, sie wolle keine haben; er solle also bitte aufhören, sie „slowakische Ehefrau" zu nennen.

Eugen nahm ihr den Rucksack, den sie wie einen Schild vor sich hielt, aus den Händen, stellte ihn auf den Boden und sagte: „Setz dich." Sie riss die Augen auf und gehorchte.

„Lass mich reden!", forderte er. Katarína rührte sich nicht. „Meine Familie hat mir alles gegeben, mein Vater hat für mich die Uni ausgesucht, die Arbeit, die Wohnung, ja, genau diese hier; er hat sich über meine Freunde erkundigt, und wenn sie ihm nicht zusagten, wenn er sie für gefährlich oder ungeeignet hielt oder fürchtete, sie könnten mich auf Abwege führen, sorgte er dafür, dass ich meine Meinung über sie änderte. Nein, lass mich reden. Er hat mich nie zu etwas gezwungen, aber er kann sich sehr geschickt ausdrücken, und nach einer Weile lasse ich mich immer von seinen Worten einnebeln. Es ist das erste Mal in meinem Leben, dass ich weiß, was ich will. Und ich werde nicht zulassen, dass sie sich auch über dich erkundigen. Als ich dich getroffen habe, wusste ich es sofort: Von dir geht ein Licht aus, ein Leuchten, zu dem ich nicht Nein sagen kann und will. Ich möchte dich am liebsten gleich morgen heiraten, mich versichern, dass du mein bist, ohne dass mein Vater darüber zu entscheiden hat. Und ja, du wirst meine slowakische Ehefrau sein, ich habe dich so genannt, nicht um dich zu verspotten, sondern weil es das ist, was ich mir wünsche."

Einen Augenblick war es still geblieben, während sie ihn weiter mit großen Augen ansah.

„Aber das wäre dann ja nur, um deinem Vater eins auszuwischen."

Er schüttelte den Kopf. Er flüsterte etwas, was sie nicht verstand, und fragte dann: „Willst du sehen, was ich mir überlegt hatte?"

„Was denn?"

Eugen nahm sie bei der Hand, und sie gingen hinaus auf den Treppenabsatz. Statt den Aufzug zu holen, steckte er einen Schlüssel ins Schloss einer kleinen Seitentür. Sie führte zu einer engen und steilen Treppe. An deren Ende war eine weitere, eiserne Tür, ebenfalls verschlossen, er nestelte eine Weile an seinem Schlüsselbund herum, bis er auch diese öffnen konnte. Dahinter war es dunkel, mit Mühe konnte man einen engen Laufrost erkennen, der zu den Satellitenschüsseln und den Fernsehantennen führte; darunter lag die Dachschräge mit ihren orangefarbenen Ziegeln. Katarína folgte ihm, ringsum waren nur die Verkehrsgeräusche der Vinohradská zu hören.

„Ich hatte vor, dich nächsten Freitag hierherzubringen und dich zu fragen, ob du mich heiraten willst. Ich wollte dir sagen, dass die Ehe wie ein Sprung ins Leere ist, und dass ich Angst davor habe. Dann hätte ich dich gebeten, mit mir zusammen ins Leere zu schauen, hier über den Dächern von Prag. Und dann hätte ich dich geküsst."

Er beugte sich zu ihr: „Und wie du siehst, hat mein Vater nichts damit zu tun."

„Schade."

„Wie, schade?"

„Dass du es nicht so gemacht hast."

Dann küsste Katarína ihn, mit seiner Hand um ihre Hüfte fühlte sie sich frei und fest verankert zugleich, tief drinnen wusste sie, dass sie Ja sagen würde.

Am folgenden Freitag gingen sie wieder hinauf aufs Dach und dann noch viele weitere Male, das war nun der Ort, an dem sie einander die Dinge sagten, die wirklich zählten. Dort hatten sie die Idee mit dem Fluss als perfektem Szenario für die Hochzeit, dort beschlossen sie, bis zum Hochzeitstag niemanden außer ihren Trauzeugen Lukáš und Daniela einzuweihen.

Am Vorabend des 27. September sagte Katarína zu ihren Eltern, sie sollten sich am nächsten Tag fein anziehen, weil sie in einem Luxusrestaurant in Prag mit Eugens Eltern zu Mittag essen würden. Ein paar Freunde würden auch dabei sein. Olga, damals hochschwanger, hatte lieber nicht reisen wollen.

Sie brachen früh auf. Das Restaurant Marina war ein umfunktioniertes altes Schiff, das mit dicken eisernen Ketten am Ufer der Moldau befestigt war und auf Zementpfeilern ruhte.

Gleich nachdem sie angekommen waren, verschwand Katarína mit Daniela auf der Toilette. Dort zog sie sich um. Ihr Kleid hatte auf der Rückseite eine Reihe winziger Knöpfe, und sie schloss die Augen, während Danielas Finger sie geduldig zuknöpften. Sie hätte gern Viera zur Unterstützung bei sich gehabt, aber die war über den Sommer in Verona geblieben. Im August hatte sie bei ihr angerufen: „In einem Monat heirate ich."

„Ach komm."

Viera hatte die Nachricht für einen Scherz gehalten, aber dann hatte Katarína ihr das genaue Datum mitgeteilt, und Viera hatte eine Weile geschwiegen. „Ich glaube, das schaffe ich nicht", hatte sie schließlich gesagt.

„Dann wird Daniela deinen Platz einnehmen."

Vor einiger Zeit hatten sie einander versprochen, füreinander Trauzeuginnen zu sein, wenn sie denn je heiraten sollten.

Daniela kümmerte sich jetzt liebevoll um sie und tuschte ihre Wimpern nach. Draußen vor dem Restaurant warteten Eugen und Lukáš mit dem Auto, um zum Standesamt zu fahren. Der weiß geschmückte Raum füllte sich, Eugens Freunde von der Uni erhoben ihre Gläser, als Katarína an ihnen vorbeiging. „Auf die slowakische Ehefrau", riefen sie, „auf Katarína!" Sie kreuzte den Blick ihrer Mutter, der zuerst verloren, jetzt aber schlagartig wütend war, ihr Vater starrte sie nur ungläubig an. Sie beschleunigte ihren Schritt, hielt dann aber abrupt inne: In der Tür standen auch Eugens Eltern. Ein Kellner empfing sie und sagte, er werde ihnen den Tisch für die Eltern des Bräutigams zeigen. Seiner Mutter stand der Mund offen, sein Vater lief rot an, er ließ sich den Satz wiederholen und führte seine Frau dann langsam an den angegebenen Tisch. Daniela hakte Katarína unter und begleitete sie zum Ausgang. Katarína glaubte zu hören, wie ihre Mutter etwas rief, sie drehte sich nicht um, tastete aber mit einer Hand ihren Rücken ab: Die Knöpfe waren alle noch dran, ganz kühl unter ihren Fingern, einen Augenblick lang hatte sie befürchtet, sie könnten unter all den Blicken kaputtgehen.

„Wow", sagte Eugen, als er sie erblickte. Honza, sein Kollege, tauchte aus dem Restaurant auf: Der Chef schicke ihn, in der Hand hielt er die silbernen Manschettenknöpfe des Vaters. Eugen lächelte: „Wir können fahren."

Sie setzten sich auf den Rücksitz, die Finger ineinander verschlungen, kurzatmig. Es waren erst fünf Monate und zehn Tage vergangen, seitdem sie sich kennengelernt hatten.

Als Katarína und Eugen später vom Floß stiegen – inzwischen hatten sie die Ringe getauscht –, wirkten die Gesichter der Gäste schon etwas entspannter. Katarínas Vater schlug Eugen auf die Schulter, ihr gab er einen Kuss auf die Wange. Eugens Eltern liefen zwischen den Tischen umher und begrüßten Verwandte und Freunde.

Katarínas Mutter hatte sich auf die Terrasse zurückgezogen.

„Von hier aus konnte man gar nichts hören", sagte sie, als ihre Tochter zu ihr trat. Nur sie beide standen draußen, die Sonne ging gerade unter, es wurde kühler. Katarína kreuzte die Arme über der Brust gegen die Kälte.

„Was habe ich euch bloß getan, Dora und dir?", murmelte die Mutter nach einer Weile.

Katarína drehte sich zu ihr um, aber ihre Mutter umarmte sie bloß und flüsterte ihr „Herzlichen Glückwunsch" ins Ohr.

11.

Im Hotel sagte man „Herr und Frau Waber" zu ihnen, und Katarína wunderte sich darüber, wie Eugens Nachname sie in diese Welt aus Gemächlichkeit und Luxus einführte. An Eugen wandte man sich mit Ehrerbietung, der Direktor ließ mehrfach Grüße an seine Eltern ausrichten.

Am Montag nach der Hochzeit waren sie in Mariánské Lázně[2] angekommen. Eugen hatte ein Zimmer im obersten Stock des Hotels Hvězda reserviert, es befand sich im Dachspitz und hatte sichtbare Balken. Aus dem Fenster blickte man auf einen großen Park mit einem Brunnen, die Bäume färbten sich orange und rot, die ganze Aussicht wirkte wie eine stumme Verstärkung der Atmosphäre dieses Ortes.

Am ersten Tag verließen sie das Zimmer gar nicht, der Zimmerservice ließ das Essen auf dem Servierwagen im Flur stehen, der Kellner klopfte, kam aber nicht herein. Sie aßen im Bett, die nackten Rücken an das große Kopfteil aus Kirschbaumholz gelehnt.

Gegen Abend zogen sie die weißen Bademäntel und die Schlappen mit dem Logo des Hotels an und stiegen Hand in Hand hinunter zu den Thermen, Eugen mit erhobenem Kopf und sicherem Schritt; ab und zu fuhr er sich mit der Hand durch seinen Haarschopf.

Am Eingang zu den Thermen flüsterte Katarína: „Wunderschön!"

Vor ihnen lagen zwei mit Majolika-Fliesen verkleidete, von

---

2 Marienbad (A.d.Ü.)

Marmorsäulen umstandene Becken, darüber eine weiträumige gläserne Decke, man fühlte sich ins vorige Jahrhundert zurückversetzt. Katarína zog einen der Schlappen aus und streckte einen Fuß ins Wasser: Es war lauwarm. Sie wischte mit den Füßen über den nassen Boden und drehte sich dann zu Eugen um, der sie beobachtete: „Als ich klein war, habe ich das immer gemacht, bevor ich ins Wasser gegangen bin, und wenn ich etwas Raues spürte, habe ich es als schlechtes Zeichen interpretiert." In dem städtischen Schwimmbad, wohin ihre Mutter sie, Jojo und Dora mitnahm, gab es kaputte Fliesen, man musste aufpassen, nur auf den nicht gebrochenen zu laufen, damit man sich nicht schnitt. Dora rannte herum, ohne achtzugeben, und hatte danach die Füße voller dünner roter Linien.

Ganz langsam ließen sie sich ins Wasser gleiten, Katarína im schwarzen Badeanzug löste ihre Haare und streifte sich das Haargummi übers Handgelenk, dann holte sie tief Luft, ging in die Knie, und das Wasser schloss sich über ihr. Sie spürte, wie alles um sie herum sich änderte, ihre Haare wogten schwerelos um ihren Kopf, in ihren Ohren klang ein langgezogener tiefer Ton, die Lunge stellte beim Versuch, die verbliebene Luft zu bewahren, ihre Bewegung ein; nach einer Weile legten sich Eugens Arme um ihre Hüfte und schoben sie nach oben, sodass sie wieder einatmen konnte.

„Ich war noch nie in den Thermen", sagte Katarína.

Da zog Eugen sie mit sich unter die Säulen, aus denen es mit starkem Druck wie bei echten Wasserfällen strömte, die beiden ließen sich die Schultern bearbeiten, bis sie sie nicht mehr spürten, und wechselten dann in den Hydromassage-Bereich, wo sie lachen mussten, weil die vielen Bläschen ihre Schenkel kitzelten. Ihre Stimmen hallten über den Wasserbecken wider; eine Frau kam, um ihnen mitzuteilen, dass sie gleich schließen würden.

Bevor sie zurück aufs Zimmer gingen, buchte Eugen eine Fango-Anwendung für den folgenden Tag. Katarína nahm ihre Schlappen in die Hand und lief barfuß über den roten Teppichboden zurück zu ihrem Zimmer. Entspannt und duftend liebten sie sich und schliefen dann mit den Füßen am dunklen Kopfteil des Bettes ein.

Am nächsten Morgen schlurften sie den Flur entlang bis zu einer Kabine mit zwei Liegen, wo die Fangopackungen sie erwarteten. Eine Frau in weißer Trainingshose und weißem T-Shirt forderte sie auf, die Bademäntel und auch ihre Schwimmsachen auszuziehen. Katarína schielte zu Eugen, der sich bückte, um seine Boxershorts herunterzulassen, dann legte er sich auf eine der Liegen, und ein ebenfalls ganz in Weiß gekleideter Mann begann, ihn mit Fango zu bedecken. Die Frau fragte Katarína, ob sie einen Papierslip wolle, dann half sie ihr auf die Liege. Während sie die warme, schlammige Erde auf ihrem Körper verteilte, sagte sie zu ihr: „Sie sind ja ein echtes Meisterwerk." Als sie sich wieder erhoben, sahen sie aus wie zwei Lehmstatuen, unter der Dusche schälten und rubbelten sie sich gegenseitig die Schlammschicht ab. Eugen säuberte Katarína mit aufmerksamer Sorgfalt und kümmerte sich nicht darum, auch die eigene Schlammkruste abzuwaschen; sie wiederum beschäftigte sich mit seinem Körper, was ihr seltsam vorkam, eine Intimität, die sie beinahe verlegen machte. Sie erinnerte sich an Viera, daran, wie sie sich zusammen auf der Toilette eingeschlossen hatten und Viera ihren Busen angefasst hatte, um ihn mit dem eigenen zu vergleichen. Nach der Dusche begaben sie sich in ein weiteres Wasserbecken, kleiner als das vom Vortag, dort war das Wasser mit Ozon angereichert.

Die Hauptsaison ging zu Ende, in ein paar Tagen würde auch die Singende Fontäne, das Symbol der Therme von Mariánské Lázně, abgestellt werden. Sie warteten, dass es fünf Uhr wurde, um das Konzert der frischen, klaren Wasserstrahlen mitzuerleben. Katarína fand es ein bisschen kitschig, aber zugleich machte es ihr Spaß, das exakt programmierte Zusammenspiel von Wasser und Musik zu beobachten. Eugen wirkte entspannt, seine Wangen waren gerötet, er hatte einen Arm locker um Katarínas Hals gelegt.

„Ich will mich an das alles hier erinnern", flüsterte sie ihm ins Ohr.

„Ich will nur dich", antwortete er.

Sie blieben noch für weitere sieben Tage und probierten Farbtherapie, türkisches Bad, Warmsteinmassage und Kneipp-Anwendungen aus. Jedes Mal kamen sie etwas spärlicher bekleidet ins Zimmer zurück. Wenn sie keine Anwendungen hatten, folgten sie ihrem eigenen Rhythmus, manchmal verließen sie das Zimmer erst nachts oder im Morgengrauen. Am vorletzten Abend schlichen sie sich ins Hydromassage-Becken, die Bläschen waren ausgeschaltet, das Licht ebenfalls, aber da die Tür offen war, konnten sie nicht widerstehen. Durch die große Glasdecke drang das weiße Licht des Vollmondes herein, Katarína lehnte sich mit dem Rücken gegen Eugens Brust, er drückte eine Hand auf ihren Busen und streichelte mit der anderen ihre Schenkel. Danach rannten sie in Handtücher gewickelt den langen, leeren Korridor entlang, in der Hand ihre Kleider, die sie beim Abendessen getragen hatten. Das Hotelrestaurant war fast leer gewesen, nur ein weiteres Paar besetzte einen Tisch in der Mitte, und an einem kleinen Tisch am Fenster saß wie jeden Abend ein älterer Herr, der in einem Buch las.

Am letzten Abend schickte Katarína eine Postkarte nach Bratislava; erst nachdem sie die Adresse geschrieben und die Karte ein paarmal von beiden Seiten betrachtet hatte, erinnerte sie sich, wo sie den Schriftzug *Pozdravy z Mariánských Lázní* schon einmal gesehen hatte. Ihre Mutter hatte eine ganz ähnliche Aufnahme in ihrer Kiste mit den Souvenirs, es war eine Postkarte aus den Achtzigerjahren mit einem künstlich blauen Himmel und einem leuchtorangefarbenen Rand. Die hatte Jozef ihr geschickt, vielleicht von einer Klassenfahrt, das wusste Katarína nicht mehr genau. Sie erinnerte sich nur an die winzige Handschrift ihres Vaters.

12.

Jozef war damals Geschichtslehrer an einem technischen Gymnasium an der Zochova, im Zentrum von Bratislava.

Vor 1989 verrichtete er nur Dienst nach Vorschrift: Mit der Klasse las er laut aus den Lehrbüchern vor und unterstrich die Schlüsselbegriffe, alle Schüler lernten dieselben Formeln, Jahreszahlen und Erklärungen auswendig, gaben sie vor seinem Lehrerpult wieder, und er schrieb die Noten in sein Register. Vor allem hasste er die Texte, die von den Sechzigerjahren handelten, vom XIV. Kongress der Tschechoslowakischen Kommunistischen Partei, von der *Fünften Perestrojka*, vom Triumph der Partei bei den Wahlen von 1971 mit einer Wahlbeteiligung von 99,45 Prozent, vom Normalbürger, der zum überzeugten Sozialisten geworden war. Abgesehen vom rosaroten Programm des Sozialismus schien nichts zu geschehen. Die Geschichte war ein Sammelsurium aus inhaltsleeren, unbestimmten Phrasen.

Nach der Revolution, bis die neuen Bücher kamen, bereitete Jozef den Unterricht erstmals auf seine Weise vor.

An die ersten Tage nach der Trennung der beiden Länder erinnerte er sich gut, die Schüler waren unruhig, ein Junge aus der 1A fragte ihn, warum es die Teilung gegeben habe, warum die Tschechoslowakei aufgehört habe zu existieren. In der Klasse wurde es still, und dann begannen alle auf einmal zu reden: Die meisten wussten, dass die Politiker Klaus und Mečiar irgendwie damit zu tun hatten, einige beschuldigten die Tschechen, sie wollten immer noch die Slowaken herumkommandieren, andere die Slowaken, sie seien zu nationalistisch geworden. Ein Schüler sprang von der Bank auf und rief, die Tschechen hätten gerade die Tatra-Berge verspielt, die ab jetzt ausschließlich slowakische Berge seien. Jozef versuchte die Schüler zu beruhigen und die Unterhaltung in nüchternere Bahnen zu lenken; darin war er nicht besonders gut, zu Hause versuchte er es gar nicht erst. In gewisser Weise war er genauso aufgeregt wie sie, nicht wegen der Teilung an sich, da bezog er eigentlich keine Position – das hatte er sein Leben lang vermieden –, sondern aus dem gleichen Grund wie 1989: Er fühlte sich wichtig, weil er Teil einer historischen Veränderung war.

Die Tschechoslowakei hatte sich in der Silvesternacht aufgespalten, der 1. Januar 1993 war der erste Tag der neugeborenen Slowakischen Republik. Einige Schüler berichteten, sie hätten mit ihren Eltern gefeiert, andere nicht, es gab ja auch nicht viel Grund zur Freude; nur ein ganz kleiner Teil von ihnen war auf den SNP-Platz gegangen, wo Mečiar seine Rede hielt.

Die Tschechoslowakei hatte es weniger als fünfundsiebzig Jahre gegeben, eine „tschechoslowakische" Nation hatte nie existiert, auch wenn man versuchte, auf dieser Idee herumzureiten, um die Glaubwürdigkeit des neuen Staates zu erhöhen. Die slowakische Sprache und Kultur hatten sich im Vergleich zu denen der Tschechen später entwickelt, und die beiden Landesteile waren nie wirklich miteinander verschmolzen. Auch aus diesem Grund, und schon wegen der schieren Größe der tschechischen Bevölkerung, die fast das Doppelte betrug, waren die Slowaken in der Tschechoslowakei wirtschaftlich und kulturell unterlegen. Während des Kommunismus schwächten sich die Divergenzen zwischen den beiden Nationen etwas ab, das Regime war der gemeinsame Feind, den alle bekämpften. Aber den hatten sie ja am Ende besiegt.

Ein Arbeitskollege von Jozef, der Mathematiklehrer Škorec, kam mit an den Mantel gehefteter Trikolore in die Schule, so wie 1989 alle sie getragen hatten. Innerhalb von drei Jahren hatten die drei Farben jedoch aufgehört, für „Kraft durch Einheit" zu stehen, und bedeuteten jetzt eher „Die Slowakei den Slowaken".

Škorec stimmte während der Pause *Hej, Slováci* an, das Lied, das zur Hymne der Unterstützer der Teilung geworden war, und einige von Jozefs Kollegen sangen begeistert mit. Jozef stellte seine Kaffeetasse auf dem Tisch ab und tat, als läse er ein paar Notizen in einem Heft. Das war nicht sehr anders als in den Jahren davor, aber wenigstens konnte er sich jetzt abseits halten, das schien ihm schon eine Verbesserung zu sein. Škorec und er gingen sich von diesem Tag an aus dem Weg.

Als Premierminister Mečiar im Fernsehen sprach, beruhigte er die Bürger. Der Umtausch von tschechoslowakischen in slowakische Kronen werde 1:1 sein, jedenfalls was die Bankkonten betraf. Da brach Panik aus, vor den Bankfilialen bildeten sich Hunderte von Metern lange Schlangen, alle wollten mit ihren Ersparnissen, die sie unter der Matratze versteckt gehalten hatten, neue Konten eröffnen.

Die Währung sollte im Anschluss an die Teilung eigentlich noch für sechs Monate eine gemeinsame bleiben, aber die Tschechische Republik begann sofort damit, Wertmarken mit der Aufschrift „Tschechische Krone" auf die Geldscheine aufzukleben und die neuen Münzen zu prägen. Die Tschechoslowakei war tot, die Trauer bereits zu Ende.

Katarína ging damals auf das Gymnasium in der Ladislava-Sáru 1. Die Schule hatte eine zweisprachige Abteilung, um „der Jugend neue Möglichkeiten im neu geeinten Europa zu eröffnen", so hieß es in dem Slogan, der im Eingangsbereich hing. Unterrichtssprache neben dem Slowakischen war Italienisch.

Die anderen Schüler des Gymnasiums nannten die aus der zweisprachigen Abteilung „die Italiener". Viera und Katarína waren in der Klasse 1 B-I.

Die Biologielehrerin, eine große magere Frau mit einem sehr langen Hals, dem sie den Spitznamen „Giraffe" verdankte, hatte in der ersten Stunde nach der Teilung geweint. „Hätten sie uns doch nur gefragt, hätten sie uns doch nur gefragt", wiederholte sie. Katarína wusste, dass sie damit das nie stattgefundene Referendum meinte: Die beiden Parteiführer der Wahlsieger von 1992 hatten über das Schicksal des Landes entschieden, ohne das Volk zu befragen. Auch ihr Vater bedauerte das, die Mutter erklärte, es habe sich gar nichts verändert, früher hätten die Kommunisten für sie entschieden und jetzt eben die anderen, da sei man wirklich noch weit von der Demokratie entfernt.

Um das Lehrerpult hatte sich eine kleine Gruppe von Mädchen versammelt, die die Lehrerin zu trösten versuchten; nach einer Weile beruhigte sie sich wieder und fuhr mit ihren Erläuterungen zum Gehirnschädel fort. Viera war mit angespanntem Gesichtsausdruck in ihrer Bank sitzen geblieben, Katarína fing gerade erst an, sie besser kennenzulernen, aber eines wusste sie bereits: Ihr Vater, der aus Rájec-Jestřebí in Südböhmen stammte, war nun offiziell Ausländer, auch wenn das für Viera nicht viel änderte.

Zwei Wochen zuvor hatte Viera Katarína zu sich nach Hause eingeladen, ihre Mutter war gerade auf Schicht.

Im Wohnzimmer öffnete sie ein paar Schränke und kramte darin herum. Dicke Pullover, T-Shirts, Papier, Pfeifen kamen zum Vorschein.

„Was suchst du denn?", fragte Katarína.

„Den Alkohol."

In der Tür erschien Vieras Vater und lächelte von einem Ohr zum anderen, er schwankte wie ein Blatt in einer leichten Brise, nur dass statt Frische ein stechender Geruch nach *slivovica* von ihm ausging. Viera zog unter einem Schal eine Flasche Cognac hervor und reckte sie in die Höhe, als wäre es eine Trophäe, die sie soeben errungen hatte. Sie schauten sich an, Vater und Tochter, dann trank sie etwas aus der Flasche, während er sie weiter mit einem dümmlichen Lächeln anstarrte. Er sagte nichts, hob nur den Arm und öffnete die Handfläche, Viera drückte ihm schwungvoll die Flasche in die Hand und sagte zu Katarína: „Gehen wir."

Sie verließen das Haus, es war sechs Uhr, und draußen war es schon dunkel. Katarína war froh darüber, sie wollte nicht, dass ihre Freundin ihr Gesicht sehen konnte, da diese etwas hätte missverstehen können. Sie war gar nicht schockiert über das, was sie gerade gesehen hatte, im Gegenteil, sie fühlte sich beinahe erleichtert: Mit Viera würde sie über alles reden können, über wirklich alles.

„Ich habe nicht damit gerechnet, dass er zurückkommen würde", schnaubte Viera, „er hat sich tagelang nicht blicken lassen." Manchmal dauerten seine Saufereien ganze Wochen, ergänzte sie.

Ihr Vater wechselte oft den Job, es konnte passieren, dass nach einer ruhigen Phase, in der er versprach, keinen Tropfen mehr anzurühren, wieder das über ihn hereinbrach, was er den „Spleen" nannte, und dann fing er erneut an zu trinken. Danach vergaß er seine Arbeit, den Wecker, den Wochentag und auch seine Tochter.

Nach der Teilung hätte er, um in Bratislava bleiben zu können, eine Aufenthaltsgenehmigung beantragen müssen. Das hatte er nicht getan. Eines Abends kündigte er an, er habe beschlossen, nach Mähren zurückzukehren, worunter er verstand, dass er alleine fahren würde; weder Viera noch ihre Mutter hatten etwas eingewendet.

Später an der Uni, wenn sie, Daniela und Mirka zu Viera nach Hause gingen, gab es keine Spur mehr von ihm, nicht einmal ein zusätzliches Paar *papuče*, gar nichts. Einmal erzählte Viera ihnen, dass sie sich nach seiner Abreise nicht mehr gesehen hätten.

„Weil er Tscheche ist", kommentierte Mirka.

„Nein, weil er eine Null ist", antwortete Viera, „einfach nur eine Null."

13.

Zum Mittagessen am ersten Weihnachtstag gab es Schnitzel mit russischem Salat. Magdalénka kaute geräuschvoll, Olga schob ihr ab und an den Pony aus dem Gesicht, er war zu lang geworden.

„Hat mal jemand was von Dora gehört?", fragte plötzlich Katarína.

„Musst du immer beim Essen davon anfangen?", knurrte ihre Mutter.

„Hört auf damit, alle beide. Und du, warum sagst du eigentlich nie was?", fragte Jojo den Vater. Jozef hob den Blick von seinem Teller und schaute sich überrascht um.

Dann räusperte sich Jojo: „Olga und ich müssen euch übrigens noch was sagen."

Einen Moment lang war es still. Die Mutter legte ihr Besteck auf den Teller. Jetzt sahen alle Olga an, sie lächelte.

„Wir erwarten ein Brüderchen für Magdalénka. Oder ein Schwesterchen", verkündete Jojo.

„Nein!", schrie die Kleine. Olga versuchte sie in den Arm zu nehmen, aber sie entwand sich und kniff die Lippen zusammen.

Die Mutter stand auf, aber vielleicht zu schnell für ihre Kopfschmerzen, jedenfalls hielt sie inne, stützte sich am Tisch ab und rutschte wieder zurück auf ihren Stuhl.

„Glückwunsch", sagte sie mit matter Stimme. Jozef ging hinüber zu seiner Schwiegertochter, um sie zu küssen. Olga sagte, sie sei gerade am Ende des dritten Monats.

„Auf das Kind in deinem Bauch, Olga!", sagte die Mutter.

„Auf uns!", gab Jojo zurück und küsste seine Frau. Er versuchte auch Magdalénka einen Kuss zu geben, aber sie wich ihm aus.

Katarína seufzte, ging um den Tisch herum, griff nach Magdalénkas Hand und zog sie mit sich.

Als sie klein war, hatte sie immer gesagt: „Ich werde keine Kinder kriegen, nie im Leben." Vor allem nach Nächten, in denen die Wutausbrüche ihrer Mutter das Maß überschritten.

Einmal hatte ihr Vater sie in der Tram vergessen. Da war sie fünf. Er hatte sie vom Kindergarten abgeholt und ihr einen Ausflug vorgeschlagen. Manchmal wollte er einfach nicht nach Hause. An dem Tag waren sie in die 9 gestiegen, weil diese durch den Tunnel unter der Burg von Bratislava fuhr. Auf der Hälfte des Tunnels gab es eine Tür. Die hell erleuchtete Tram schoss durch die dichte Dunkelheit. Katarína, das Gesicht ans Fenster gedrückt, wartete auf den Moment, in dem die dunkle Wand der Röhre von der Eisentür unterbrochen wurde. Manchmal genügte es, einmal zu blinzeln, und schon hatte man sie verpasst. Sie war immer verschlossen, und Katarína hatte von ein paar Jugendlichen gehört, die versucht hatten, sie zu öffnen. Ihr Vater trank den Wein, den er vor dem Einsteigen am Kiosk gegenüber der *Terasa* gekauft hatte, die Flasche war aus grünem Glas. Er redete laut, seine Worte waren verzerrt und unrhythmisch, nur mühsam kamen sie aus seinem Mund.

Plötzlich stieß Katarína einen Schrei aus und schreckte zurück: Sie hatte die Tür gesehen, sie war sich nicht sicher, aber es war ihr so vorgekommen, als sei sie offen gewesen. Ihr Vater grinste. Ein Herr beklagte sich bei Katarína, aber sie zitterte und starrte mit aufgerissenen Augen in die Dunkelheit des Tunnels.

Dann schlief ihr Vater ein, während sie neben ihm die Häuser und Geschäfte im Stadtzentrum betrachtete.

An der Endstation versuchte der Fahrer ihren Vater zu wecken, ließ die beiden aber schließlich einfach auf ihren gelben Plastiksitzen hocken, während er sich seine Pause gönnte. Auf der Rückfahrt schlief auch Katarína ein, und als sie wieder wach wurde, war ihr Vater nicht mehr da. Die nächste Haltestelle kam ihr bekannt vor: Tatsächlich war es dieselbe, wo sie auf dem Weg ins Stadtzentrum eingestiegen waren. Katarína blieb sitzen bis zur anderen Endstation, wartete auch dort die Pause ab und stieg auf dem Rückweg an der Stelle aus, die sie wiedererkannt hatte. Auf der anderen Seite der Gleise lief Dora auf und ab. Sie drückte ihre Schwester an sich, bis ihr fast die Luft wegblieb, dann setzten sie sich an einen Tisch in der Konditorei Cukráreň im oberen Stockwerk der *Terasa*.

„Iss langsam, es pressiert nicht", sagte Dora zu ihr.

Als sie später nach Hause kamen, standen auf dem Küchentisch zwei Flaschen aus grünem Glas.

„Ich hab sie gefunden, sie war in der Tram."

Die Mutter hörte auf zu schimpfen, Jozef drehte sich um und schaute die beiden Schwestern an, Dora hielt Katarína immer noch an der Hand und zerquetschte ihr fast die Finger.

In dieser Nacht war Katarína zu Dora ins Bett geschlüpft; wie schon so viele andere Male hatte ihre Schwester nicht Nein gesagt.

In Katarínas Zimmer setzte sich Magdalénka jetzt auf den Teppich, sie schmollte immer noch, und Katarína musste lächeln. Erneut klappte sie ihren Computer auf, erneut öffnete sich die Seite mit dem Mailprogramm, der Suche nach „Dora" und der Liste der Mails, die ihre Schwester ihr aus den Vereinigten Staaten geschickt hatte. Sie klickte auf eine davon.

Von: Dora
An: Katarína
Datum: 16. Feb. 1999, 11:17
Betreff: Oh!

Mein Floh,
ich backe gerade Kringel, die ersten Tage durfte ich sie nur mit Zucker oder bunten Streuseln verzieren, aber jetzt kann ich auch den Teig schon selber machen. Ich verdiene mehr als unser Vater, deshalb bin ich zufrieden, auch wenn es nur ein blöder Aus-

hilfsjob ist. Ich bin bei Igor ausgezogen, seine Mutter hat mich behandelt, als wäre ich eine Art Parasit (ich habe zu ihr gesagt: Ich bumse Ihren Sohn nicht, er hilft mir nur ein bisschen, und sie darauf: Dann lass ihn in Ruhe). Ich habe dieses Zimmer hier gefunden, auch in Rockville, bei einer Freundin von Igor, Madly.

Madly hat mir den Job bei Dunkin' Donuts besorgt, sie hat früher selbst dort gearbeitet und kennt den Chef gut. Nachmittags gehe ich zum Englischkurs für Ausländer, auch den hat sie mir empfohlen, ich glaube, ich tue ihr ein bisschen leid, irgendwie versteht sie mich, sie ist Brasilianerin.

Mein Visum ist abgelaufen, wenn ich jetzt von hier weggehe, kann ich nicht mehr zurück.

Tut mir leid, wenn ich nur wenig schreibe, aber schreib du mir, ich lese deine Nachrichten immer.

Dein

Fuchs

Es stimmte, Dora hatte erst angefangen, sie „Floh" zu nennen, als sie schon weg war, aber sie selbst war schon vorher „Fuchs" gewesen. Der Vater hatte ihr diesen Spitznamen gegeben, und nach und nach benutzten ihn auch alle anderen.

Die Regeln ihrer Eltern waren nicht besonders klar, die Mutter änderte ihre Meinung oft, es war schwierig, sich in diesem Labyrinth aus Verboten und Ermahnungen zu orientieren. Der Vater befahl ihnen nie irgendetwas; wenn es nach ihm gegangen wäre, hätten sie alle Freiheiten und auch nichts vor ihm zu verbergen gehabt. Katarína versuchte, seine Aufmerksamkeit zu gewinnen, indem sie ihm penibel jede Andeutung eines Wunsches erfüllte, aber er schien das nicht wertzuschätzen, vielleicht bemerkte er es nicht einmal. Dora schon, und sie zog Katarína damit auf: Du hast an Papas Stelle den Müll rausgebracht? Toll gemacht, aber er weiß sowieso nicht, dass er dran ist. An einem Samstagmorgen kam der Vater in die Küche, als die beiden gerade frühstückten, es war Mai, und zum Fenster schien volles Sonnenlicht herein. Dora strich Marmelade auf Katarínas Brötchen und leckte dann das Messer an der nicht scharfen Seite ab. Jojo schlief noch. Der Vater schaute sie mit einem angedeuteten Lächeln an, dann hielt er ihnen zwei Karten für die Veranstaltung *Pravda-Televízia-Slovnaft '84* hin. „Mit Sergej Bubka!", fügte er begeistert hinzu. Katarína, die vor Kurzem sechs geworden war, wusste nicht, wer das war, klatschte aber in die Hände; Dora, die schon groß war und wache Augen und einen langen Pferdeschwanz hatte, verzog den Mund, Athletik interessierte sie nicht. Der Vater ging auf sie zu, nahm sie in den Arm und flüsterte ihr zu: „Mein Füchslein möchte sich heute also nur langweilen?" „Füchse mögen keine Hühner, die zu hoch flattern", war ihre Antwort.

An diesem Abend stellte Bubka seinen ersten Weltrekord im Hochsprung auf, und der Vater hob die kleine Katarína hoch bis in den Himmel, er schien wirklich glücklich zu sein.

Katarína schob den Computer auf dem Bett von sich weg. Wie konnte es sein, dass ihr Vater damals nur zwei Karten besorgt hatte? Wie hatte er sich das gedacht, sie waren doch drei Kinder? Sie richtete den Blick auf ihre Nichte, die noch immer auf dem Teppich saß. Magdalénka hatte sich ein Schmuckkästchen aus weißem Holz mit einer kleinen Schublade und einem aufklappbaren Spiegel geschnappt, in dem sie sich jetzt mit gerunzelter Stirn betrachtete.

Katarína schaltete das Telefon ein, das sofort klingelte. Es war Eugen: Er habe sich über ihre Nachricht mit den Weihnachtswünschen gefreut, er sei bei seinen Eltern, alle ließen sie grüßen. Katarína reichte ihn an Magdalénka weiter, die jetzt wieder strahlte und alle Geschenke aufzählen wollte, die sie bekommen hatte. Dann bat er sie, ihm nochmals ihre Tante zu geben.

„Lukáš plant eine Silvesterparty im Fernsehturm Žižkov."

Katarína wurde neugierig, ohne es zu wollen. Lukáš, ihr Trauzeuge, veranstaltete niemals Feste.

„Er hat das ganze oberste Stockwerk reserviert, er ist völlig aus dem Häuschen ...", fuhr Eugen fort.

Vor zwei Jahren hatte Radek die Party organisiert, ein Kollege von Eugen, von dem Katarína nur den Namen kannte. Radek gehörte zu den Lieblingen von Eugens Vater, daher hatten sie seine Einladung angenommen. Sie waren im Club Mecca gewesen, ihr Tisch stand in einem Separee mit silberfarbenen Wänden und kleinen weißen Ledersofas. Katarína kannte nur Honza, den Kollegen, mit dem Eugen manchmal Squash spielte. In diesem kleinen Raum fing Katarína zum ersten Mal an, Tschechisch zu sprechen. Seit sie in Prag war, sprach sie sonst überall weiter Slowakisch, in den Geschäften, auf der Post, auf dem Markt. Manchmal verstanden die Leute sie nicht, dann übersetzte sie ins Tschechische, aber von sich aus Tschechisch zu sprechen, wäre ihr spontan nicht eingefallen. An diesem Abend war die Musik sehr laut, und man hätte sich schon deshalb nur schwer verstanden, aber das war nicht der Grund, warum sie sich dafür entschieden hatte.

Sie saß mit einer Pobacke auf dem „VIP"-Sofa und schlürfte ihren Champagner, als Radek fragte – und er musste brüllen, um die ohrenbetäubende Musik zu übertönen –: „2012 geht die Welt unter, und wisst ihr, wer sich retten wird?"

Er schaute sich um und schrie dann voller Befriedigung: „Die Slowaken, weil sie dreißig Jahre hintendran sind."

Alle lachten, Eugen zwinkerte Katarína zu, ihr stand der Mund offen.

Ein Typ mit goldfarbener Jacke, ein blonder Elvis Presley, wusste sofort auch noch einen: „Fragt einer Mečiar: ‚Welches ist die dümmste Nation?' Und er darauf: ‚Na und? Immerhin haben wir schöne Lieder.'"

Wieder brüllendes Gelächter.

„Soll ich euch eins davon vorsingen?", fragte Katarína, aber das hörten nur Radek und Eugen, die neben ihr saßen.

Radek legte ihr den Arm um die Schultern: „Komm schon, das sind doch nur Witze."

Der Abend hatte nun diese Wendung genommen: Man lachte

weiter über die Slowaken, die Deutschen und die Zigeuner, die im Übrigen auch Slowaken waren. Katarína trank, grinste dem blonden Elvis zu, und wenn jemand sie etwas fragte, antwortete sie auf Tschechisch. Sie und Eugen gingen gleich nach Mitternacht, vor dem Mecca brach sie auf dem Bürgersteig zusammen.

Jetzt sagte also Eugen am Telefon: „Du könntest doch zu der Silvesterparty kommen, die Lukáš organisiert, im Turm."

Vom Turm aus konnte man ihre Wohnung sehen.

Der Fernsehturm Žižkov war bei den Pragern als das zweithässlichste Gebäude der Welt bekannt. Er sah aus wie eine Weltraumrakete kurz vor dem Abflug, kleine schwarze Kinderfiguren krabbelten sorglos an seiner Oberfläche hoch. Im ersten Stock, auf sechsundsechzig Metern, befand sich das Restaurant Oblaca, und von dort sah man die Fenster ihrer Wohnung. Einmal hatte Eugen etwas auf ein Blatt Papier geschrieben und es ans Fenster geklebt, dann waren sie auf den Turm hochgefahren. Das Blatt war als weißes Rechteck in der Mitte des Fensters zu erkennen, die Aufschrift konnte man nicht lesen.

„Du könntest doch kommen", wiederholte Eugen. Er sagte es so, als wären keine zwei Monate vergangen, seit er sie mit einem dämlichen Zettel verlassen hatte; so als wäre es normal, einfach auszuziehen und dann anzurufen, um sie auf eine Party einzuladen.

„Über Silvester bin ich schon in Italien." Die Antwort kam mit Stolz aus ihr heraus, überzeugte Worte, nach denen sie erst begriff, dass sie soeben eine Entscheidung getroffen hatte.

Die Aufschrift lautete: „Ich liebe dich" auf Tschechisch, aber vom Turm aus war sie nicht zu entziffern.

14.

Als Eugen zum ersten Mal „Ich liebe dich" zu ihr sagte, waren seit ihrer ersten Begegnung siebenunddreißig Tage vergangen. Katarína hatte sie gezählt, um herauszufinden, ob sie zu früh bei ihm eingezogen war, und das war sie tatsächlich. An dem Abend schlüpfte sie ins Bett, Eugen drückte sie an sich und flüsterte ihr zu „Ich liebe dich", sie antwortete „Danke". Er lächelte, aber Katarína meinte es ernst.

Im Januar 2003 war Viera nach Verona abgereist, und Katarína hatte sich zu Hause verkrochen; sie versuchte, Romanische Philologie für ihre letzte Prüfung zu lernen und dann ihre Abschlussarbeit zu schreiben. Daniela und Mirka riefen sie jeden Tag abwechselnd an, aber sie wollte nicht ausgehen. Irgendwann gaben die beiden es auf, aber nach der letzten Prüfung, in der Cafeteria der Uni, ließen sie Katarínas Ausreden nicht mehr gelten – sie würden sich auch ohne Viera amüsieren.

So fuhren sie über Ostern nach Prag. Es war April, aber seltsam warm, verschwitzt stiegen sie aus dem Zug und wollten sich erst einmal erfrischen. Sie nahmen die Metro zur Jugendherberge, einem trostlosen Ort, vier Betten und ein Schrank aus gelbem Sperrholz. Es stank nach etwas Undefinierbarem, und der Fußboden glänzte, aber es war nicht eindeutig, ob er vor Kurzem geputzt oder verschmiert worden war. Sie beschlossen, gleich wieder zu gehen; sie wollten in den Zoo, kamen dort aber nicht an, sondern fanden sich am Troja-Kanal wieder, an dem sie entlangflanierten und die vielen Paddler beobachteten.

Das Rafting war eine Idee von Daniela gewesen. Sie war in der „Ich mache neue Sachen"-Phase. Keine von ihnen hatte jemals in einem Schlauchboot gesessen, aber Daniela wollte es unbedingt. Es sei ganz leicht, man müsse nur den Anweisungen folgen, der Kanal sei sicher, so hatte der Bootsführer gesagt. Er, der sich Jerry nennen ließ, weil das für die Ausländer einfacher war, hatte den Mädchen vorgeschlagen, sich einer Gruppe anzuschließen, die nur aus drei jungen Männern bestand.

Katarína fand sich zwischen einem etwas plumpen Jungen mit roten Haaren und einem anderen wieder, der ihr, kaum war sie ins Boot gestiegen, die Hand hinstreckte und sich vorstellte. Eugen, was für ein Name, hatte sie gedacht. Er hatte einen breiten Unterkiefer mit Dreitagebart und ein undurchdringliches Lächeln. Am kleinen Finger trug er einen Ring mit Wappen.

Dann ging es los, das Schlauchboot hüpfte hin und her und stieß überall an. Jerry brüllte Kommandos, die die drei Männer ohne Anstrengung ausführten. Mirka hielt das Paddel, als wäre es ein Holzlöffel, den man im Topf vergessen hatte. Daniela schrie, sie paddelte hektisch, während Katarína die Bewegungen des Rothaarigen nachzuahmen versuchte, aber diese waren sehr ruckartig, sodass es ihr nicht gelang, seinem Rhythmus zu folgen. Aus den Augenwinkeln sah sie, wie Eugen die Schultern reckte, das Paddel sanft ins Wasser senkte, es an sich zog und wieder hob, es sah so einfach aus. Katarína machte es ihm nach und war überrascht über den Schub, den sie damit erzeugen konnte. Dann schrie Jerry „Festhalten!", das Schlauchboot bäumte sich auf, sie wurde über den Rand katapultiert und lag eine Sekunde später im Wasser.

Der Kanal war eisig kalt. Als Eugen ihr die Hand hinstreckte, konnte Katarína sie nur mit Mühe festhalten, es kam ihr vor, als würde sie sofort erfrieren. Jerry sagte zu ihr, sie solle gar nichts tun, sich einfach von ihnen hochziehen lassen. Katarína war nicht in der Lage, zu antworten, die Muskeln ihres Körpers gehorchten ihren Befehlen nicht. Als sie wieder im Boot saß, fing sie an zu zittern. Daniela weinte, vermutlich stand sie unter Schock, dachte Katarína. Mirka fragte, wie es ihr gehe, mindestens fünfmal fragte sie das. „Alles bestens, Mirka, mir ist bloß höllisch kalt", antwortete sie schließlich, und alle brachen in Lachen aus. So lustig war das eigentlich nicht, aber vielleicht mussten sie ihre Anspannung herauslassen. Jerry kommentierte, so ein Sturz ins Wasser sei die einzige Erfahrung, die man nicht so schnell vergesse; das sagte er mit einem Lächeln, wahrscheinlich ganz ohne Hintergedanken, aber in Katarínas Kopf klang dieser Satz nach. Sie bemerkte gar nicht, wie sie anlegten. Seit sie über das Heck wieder ins Boot gezogen worden war, hatte Eugens Hand nicht aufgehört, ihr den Rücken zu streicheln. Das war der einzige warme Teil ihres Körpers.

Im Kofferraum seines Autos hatte Eugen eine Wolldecke, Katarína zog die nassen Kleider aus und wickelte sich hinein. Vom Beifahrersitz aus beobachtete sie ihn beim Fahren.

Eugen brachte die Mädchen zur Jugendherberge zurück, die genau gegenüber seiner Wohnung lag. Während der Fahrt versuchte er immer wieder, Katarínas Blick zu erhaschen; sie tat, als bemerkte sie es nicht, drehte sich zum Fenster, um hinauszuschauen. An einer Ampel fragte Eugen, ob ihr noch kalt sei.

Vor der Jugendherberge angekommen, legte er ihr seine Hand aufs Knie.

„Wo wohnst du?", fragte ihn Katarína.

Er zeigte auf den Hauseingang direkt vor ihnen, und das kam ihr wie ein Zeichen vor.

In Eugens Haus fiel ihr als Erstes die Holztreppe auf, die vom Wohnzimmer hoch in die zweite Etage der Dachgeschosswohnung führte. Die Stufen hatten abgerundete Ecken und bildeten eine leicht geschwungene Welle, die Unten und Oben verband. Sie saß auf dem Sofa, die zusammengefaltete Decke auf den Knien. Eugen hatte ihr im Bademantel die Tür geöffnet, seine Haare waren nass, über sein Gesicht rannen kleine durchsichtige Bäche. „Warte einen Moment", hatte er gesagt. Katarína hatte sich also aufs Sofa gesetzt, die Temperatur des Wassers in der Jugendherberge entsprach ungefähr der des Kanals, ihre Dusche war sehr kurz gewesen. Von rechts war das Geräusch des Föhns zu hören, dann kam Eugen in Jeans und weißem T-Shirt aus dem Bad, der Bart war verschwunden, seine Haut glatt und duftend. Sie hätte aufstehen, sich bei ihm bedanken und gehen können. Als sie zu ihren Freundinnen gesagt hatte, sie werde später in die Stadt nachkommen, wusste sie schon, dass das nicht so sein würde. Andererseits hielt sie sich nicht wirklich für fähig, an der Tür eines Unbekannten zu klingeln und über Nacht zu bleiben.

Eugen blieb mit den Händen in den Hosentaschen neben dem Sofa stehen, fragte, ob sie etwas trinken wolle.

Er habe eine Flasche Franciacorta im Kühlschrank, den habe er am Iseosee gekauft, er trinke ihn gerne, weil er so fein und ausdauernd perle. Es folgte ein kurzes, dumpfes Geräusch.

Dann kam er zurück ins Wohnzimmer, zwei Sektflöten in der Hand, und sie stießen an.

„Ich bin keine Wein-Expertin."

„Niemand ist perfekt", lächelte Eugen.

Sie standen neben dem Dachfenster, das so schräg war wie die Wand, die oberhalb der Treppe in den Dachspitz mündete.

Draußen begann es zu regnen, die Tropfen fielen auf das Fensterglas und liefen herunter, dicke Tränen eines unsichtbaren Gottes. Eugen beugte sich zu ihr und küsste sie. Katarína riss die Augen auf, das hatte sie nicht erwartet, oder wenigstens nicht so schnell. Er drückte sie an sich, machte einen kleinen Schritt wie beim Tanzen, sie folgte ihm. Seine Hand lag um ihre Hüfte, sie war warm, und Katarína stellte fest, dass es das war, was sie wollte – das, weswegen sie zu ihm gegangen war. Er nahm ihr das Glas ab und stellte es auf die Treppe, den Arm immer noch um ihre Hüfte.

Er flüsterte ihr ins Ohr: „Ich kann nicht aufhören, an deinen nackten Körper unter der Wolldecke zu denken, vorhin im Auto."

Als hätte die Bedeutung seiner Worte noch unterstrichen

werden müssen, spürte Katarína, wie seine Erektion gegen ihr Becken drückte, sie legte ihre Hand darauf, und er küsste sie stürmisch. Ihre Kleider fielen um sie herum zu Boden wie Wurzeln, die ein Sturm aus dem Boden gerissen hatte. Manchmal hielt er inne, um sie anzusehen, dann stieß er wieder zu, das waren die Momente, in denen sie Atem holen konnte. Sie lagen auf dem Fußboden unter der Treppe, nach kurzer Zeit flochten sich ihre Finger ineinander; sie bewegten sich langsam, Katarína beugte den Rücken, ein perfekter Mechanismus. Am Ende wandte sie den Kopf und blickte auf ihrer beider Hände, am kleinen Finger trug er diesen großen Ring.

15.

Im Dezember 2004 hatte Eugen ein Arbeitsangebot von der Xeniva UK erhalten, begeistert hatte er es angenommen. Zwei, drei Tage pro Woche hielt er sich am Firmensitz in London auf. Nach dem ersten Monat, in dem er sich mit den Abläufen vertraut gemacht hatte, begann er aktiver an den Arbeitstreffen teilzunehmen. Unangenehm war ihm nur ein gewisser Rick, ein Kollege mit starkem schottischem Akzent.

Wenn er freitags nach Hause kam, imitierte er für Katarína Ricks harte Aussprache, und beide lachten darüber. Sie klammerte sich so fest wie möglich an ihn, wie um den Kontakt nachzuholen, der ihr in den vorigen Tagen verwehrt geblieben war; Eugen war endlich entspannt und nicht mehr ständig auf der Hut.

Katarína hatte lange darüber nachgedacht, welches der richtige Moment wäre, um es ihm zu sagen. Dann hatte sie sich für den Montag entschieden, den Abend vor seiner Abreise. Eine innere Stimme riet ihr, geduldig zu sein, ihm Zeit zu geben, um die Nachricht zu verdauen. Er hatte gerade so viel zu tun mit seiner Arbeit.

„Ist der auch zuverlässig?", fragte Eugen und griff nach dem Schwangerschaftstest.

Überrascht sah sie ihn an. Eugen trug noch Anzug und Krawatte, er war gerade aus seinem Prager Büro nach Hause gekommen und hatte noch keine Zeit gehabt, aus der Uniform des erfolgreichen Managers zu schlüpfen, die er tagsüber trug. Zum ersten Mal erkannte sie ihn nicht wieder. Ein Fremder. Sie nahm den Teststreifen wieder an sich und gab dabei acht, seine Hand nicht zu berühren. Er strich sich die Haare mit den Fingern glatt, eine Geste, die sie mochte, aber in diesem Augenblick kam sie ihr unbeholfen vor, und sie empfand Überdruss.

„Aber wie kann denn das sein?", fragte Eugen schließlich, immer noch mit der Hand auf dem Kopf. „Ich meine, hast du nicht die Pille genommen?"

Katarínas Kiefer verspannten sich – doch, sie nehme die Pille, aber auf der Packungsbeilage stehe, die Wahrscheinlichkeit, schwanger zu werden, betrage 1 Prozent. Sie sei wohl dieses eine Prozent.

An dem Abend setzte sich Eugen vor den Fernseher und schaute sich ein Hockeyspiel an, sie schützte Kopfschmerzen vor und ging schlafen. Später im Bett nahm Eugen sie in die Arme. „Entschuldige", flüsterte er. Am nächsten Tag reiste er wieder ab.

Am Freitag landete das Flugzeug pünktlich: Ein Taxi brachte Eugen nach Hause.

Katarína sah müde aus, ihre Augen waren geschwollen, im Kopf hatte sie die verschwommenen Bilder des Tages.

Am Morgen in der Metro der Linie A hatte sie etwas Nasses zwischen den Beinen gespürt, ihre Knie waren eingeknickt, und sie hatte sich auf einen freien Sitz fallen lassen. Sie war auf dem Weg in die Stadt, um ein Geburtstagsgeschenk für Eugens Mutter auszusuchen, und wollte sich einen schönen Vormittag in den Gassen der Altstadt machen. An der Haltestelle Muzeum stieg sie in die C um und fuhr bis Kačerov. Die Praxis von Frau Doktor Milošová war im Thomayerova-Krankenhaus, zwei weitere Haltestellen mit dem Bus Nummer 189. Ihre Jeans war zwischen den Beinen rot geworden, im Sitzen schaute sie verstohlen an sich herunter. Sie hatte keine Binde dabei.

Die Schwester in der Abteilung fragte sie, ob sie einen Termin habe. Katarína versuchte zu erklären, was los war, aber die Frau, die riesige Brüste hatte, unterbrach sie: „Das können Sie der Frau Doktor erzählen, haben Sie nun einen Termin oder nicht?"

„Nein", sie fasste sich an den Bauch. Die Schwester schrieb etwas auf ein Blatt Papier.

„Letzte Menstruation?"

Sie standen in einem Flur, unter dem Fenster eine Reihe Stühle, auf allen saßen Frauen mit Bäuchen verschiedener Größe.

„Sechzehnter Dezember", sagte Katarína tonlos, „könnte ich bitte eine Binde bekommen?"

Die Schwester schnalzte genervt mit der Zunge und entfernte sich. Dann kam sie wieder mit einer Binde, wie man sie nach der Geburt benutzt, und Katarína bedankte sich. Sie fragte nach der Toilette, und die Frau zeigte auf eine grüne Tür ohne Aufschrift. Die Tür schloss nicht ganz, sie musste mit einem Ellbogen gegen die Klinke drücken, um sie zuzuhalten. Ihre Jeans war zum Wegwerfen, sie versuchte sie mit den Taschentüchern, die sie bei sich hatte, trockenzutupfen, Toilettenpapier gab es keins. Sie sah viele rote Fasern und dunkle Klumpen, die sie nur noch mehr erschreckten. Dann schob sie sich das Riesending zwischen die Beine; das einzig Gute war, dass sie sich endlich trocken fühlte.

Sie wartete, bis die letzte Patientin mit regulärem Termin das Behandlungszimmer betreten hatte; sie hätte mit der Schwester streiten oder es bei der Notaufnahme versuchen können, aber sie wollte mit ihrer Ärztin sprechen. Diese war nett zu Katarína gewesen, als sie im Herbst zu ihrer ersten gynäkologischen Untersuchung gekommen war, und das verstand sich nicht von selbst, jedenfalls nicht in Prag.

Als sie endlich an der Reihe war, untersuchte Frau Dr. Milošová ihre Gebärmutter intravaginal per Ultraschall und zeigte ihr das Bild auf dem Monitor: alles sauber und leer.

„Das passiert oft", sagte sie, „die meisten Frauen merken nicht einmal etwas von ihrer Schwangerschaft, es geht viel zu schnell."

Katarína hatte es gemerkt. Die Ärztin riet ihr, sich ein paar Tage auszuruhen.

„Brauchen Sie eine Krankschreibung?", raunzte die Schwester. Katarína blickte die Ärztin an.

„Für die Arbeit", erklärte diese geduldig. Es war Freitag, der 28. Januar, Katarína hatte zwei Abendkurse.

„Ja."

Die Schwester füllte ein Formular aus und streckte es ihr hin: „Kopf hoch, es ist ja nichts passiert."

Es war also nichts passiert.

„Nach dem nächsten Zyklus kommen Sie besser noch einmal zur Kontrolle", sagte die Ärztin freundlich. Die Schwester schnaubte: „Aber dann rufen Sie vorher an!"

Katarína nickte.

Der Bus Nummer 189 war überfüllt, sie musste auf den Stufen stehenbleiben und wurde gegen die Tür gedrückt.

Zu Hause schlief sie ein, aber bevor sie auf dem Sofa zusammensank, hatte sie noch in der Schule angerufen. Ich komme heute nicht, ich hatte eine Fehlgeburt, das hatte sie nicht gesagt, aber gedacht, während sie mit der verantwortlichen Person sprach. Dann hatte sie Eugen angerufen, am Telefon war sie sehr knapp gewesen. Vielleicht, wäre er in dem Augenblick bei ihr gewesen, hätte sie ihm von der fiesen Schwester erzählt und von der ekligen Toilette, von der Tortur mit den Knien in der Luft und dem Plastikgerät zwischen den Beinen. Aber stattdessen schlief sie ein, im Traum watete sie durch einen schwarzen Fluss, jemand schrie.

Als sie erwachte, war es draußen schon dunkel, ihr Bauch tat weh. Im Bad schaute sie in den Spiegel, ihr Gesicht war verschwollen, sie war immer noch erschöpft.

Eugen würde jeden Moment kommen, deshalb hielt sie die Tränen zurück und setzte sich ins Wohnzimmer, um auf ihn zu warten.

Endlich hörte sie, wie sich der Schlüssel im Schloss drehte. Eugen öffnete die Tür, schaltete das Flurlicht ein und stellte den kleinen Rollkoffer auf den Boden. Dann ein paar Schritte und die übliche Umarmung, er küsste sie auf die Lippen, aber sie rührte sich nicht.

„Es tut mir leid", flüsterte Eugen.

Durch das schräge Fenster drang das Dunkel des Winterhimmels herein, der Frost hatte die Ränder mit Eisblumen bedeckt.

Eugen setzte sich mit gekreuzten Beinen zu ihren Füßen, er wirkte wie ein kleiner Junge, der darauf wartet, dass man ihm eine Geschichte erzählt.

„Jetzt nicht, ich bin zu müde."

Was ich brauchen würde, ist Leere, dachte sie. Dieser Gedanke machte ihr Angst. Eugen half ihr über die Treppe nach oben, es war nicht wirklich nötig, aber sie fand es schön, ihn so stark und sicher neben sich zu spüren. Im Bett weinte sie.

An den folgenden Tagen versuchte Eugen mehrfach, mit ihr über das zu reden, was passiert war, aber Katarína wurde jedesmal starr und schwieg, wechselte das Thema oder wiederholte: „Jetzt nicht."

Schließlich hörte er auf zu fragen.

16.

Katarína schaute Magdalénka fasziniert dabei zu, wie sie in ihr rosa Plüschtelefon schwatzte.

„Katarína, bist du noch da?"

Eugens Stimme dröhnte durchs Zimmer. Katarína schaute sich um, sie saß auf dem Bett und hatte das Handy im Schoß liegen; wie lange schon, wusste sie nicht.

Sie hob das Telefon auf und neigte den Kopf, ohne es ans Ohr zu halten. „Ja." Am anderen Ende hörte sie einen langen Seufzer, sie hätte nicht sagen können, ob aus Erleichterung oder aus Unmut.

„Wo bist du denn?", fragte sie Eugen, ohne nachzudenken.

„Hab ich doch schon gesagt: bei meinen Eltern."

„Schläfst du auch dort?", setzte sie nach.

„Nein."

Ich bin so blöd, dachte sie.

„Ich wohne bei Lukáš", beeilte sich Eugen zu sagen, „schon seit fast zwei Monaten."

„Das glaub ich dir nicht", wandte sie mit müder Stimme ein.

„Was glaubst du wohl, warum er die Party auf dem Turm organisiert?"

Lukáš behauptete immer, sie sei das Beste, was Eugen je passiert sei. Hoffte er womöglich, so den Frieden zwischen ihnen wiederherzustellen, mit einer Party?

„Dann sag ihm, dass ich Silvester in Verona bin."

„Fährst du denn mit Viera?" Er klang nervös.

Zum ersten Mal, seit er gegangen war, hörte Eugen sich traurig an. Einen Augenblick lang hätte man meinen können, sie sei es gewesen, die von einem Tag auf den anderen abgehauen war.

„Ja, ich fahre mit ihr, ich brauche das jetzt: eine Reise."

Eugen hatte Viera nie besonders gemocht. Als sie sich zum ersten Mal begegneten, hatte Katarína ihm zuvor schon von der Dozentin erzählt und davon, wie Viera sie alle links liegen gelassen hatte. Wie es für sie nur noch diese Italienerin gab, die sie regelrecht verhext hatte. Eugen hatte sie ein bisschen verteidigt: So sei das eben mit der Liebe, hatte er gesagt.

Aber Viera wusste ihr Spiel mit den Leuten zu treiben, sie hatte keine großen Skrupel. Katarína hatte das schon in der Oberstufe begriffen. Erst später, als sie ihre Freundin besser kannte, war ihr klar geworden, dass das keine Bosheit war, sondern eine Art, sich zu schützen – fressen, um nicht selbst gefressen zu werden.

Zum ersten Mal war das Ende 1996 passiert. Im Land herrschte viel Unruhe, es waren ungefähr zwölf Monate vergangen, seit der Sohn des Präsidenten entführt worden war, und sechs Monate seit der Ermordung des jungen Polizisten Róbert Remiáš. Mečiar grinste von allen Fernsehbildschirmen und wiederholte, es sei absolut nichts passiert. Die für diese Verbrechen verantwortlichen Kriminellen hätten überhaupt nichts mit seinem Freund Lexa, dem Geheimdienstchef, zu tun, und erst recht nicht mit ihm selbst! Das sei alles lächerlich und falsch! Trotz des roten, runden Gesichts des Premierministers, trotz seiner festen Stimme und seines erhobenen Daumens, schalteten die Bürger das Fernsehen schweigend aus. Lediglich Remiáš' Mutter hätte vielleicht etwas zu sagen gehabt.

Die Demokratie ähnelte einfach weiterhin allzu sehr den dunklen Jahren der Vergangenheit. Später würde man die Slowakei als „schwarzes Loch Europas" bezeichnen. Ein schwarzes Loch, das alles in sich einsog.

Viera erschnüffelte das gesellschaftliche Klima, sie war ein seltsamer Spürhund. Morgens analysierte sie auf der Schulbank Ugo Foscolos *Von den Gräbern*, und nachmittags schleppte sie Katarína in die neuen kleinen Läden, die in den Gassen der Stadt überall aus dem Boden sprossen.

Beim ersten Mal, das war hinter der Erzengel-Michael-Kirche im Viertel Karlova Ves, hatte Viera zu ihr gesagt: „Komm mit." Und sie in ein kleines Geschäft geführt, das Putzmittel, Shampoos, Cremes verkaufte. Die Eigentümerin und eine Kundin unterhielten sich an der Ladentür; sie mussten zur Seite treten, damit die beiden Mädchen hineingehen konnten, und Viera bedankte sich. Drinnen gab es zwei Regale voller Waren. Viera trat zu dem einen hin, griff nach einer Haarbürste und steckte sie sich in die Jackentasche. Katarína riss die Augen auf, dann näherte sich Viera dem gegenüberliegenden Regal und ließ langsam eine hölzerne Haarspange in ihren Ärmel gleiten, es sah aus wie ein Zaubertrick.

„Wie das duftet!", rief sie aus und öffnete eine kugelförmige Cremedose. Sie ließ auch Katarína daran schnuppern, verschloss sie wieder, stellte sie zurück und ging mit einem höflichen Gruß hinaus. Katarína murmelte etwas, das Herz schlug ihr laut in den Ohren.

Sie liefen mit schnellen Schritten zur Tramhaltestelle. Viera trieb Katarína an, die zweimal stolperte. Ihre Freundin ging aufrecht, sie hatte die Hände in den Jackentaschen und schien ganz entspannt, nur ihre Beine verrieten die Aufregung.

In der Tram schob Viera etwas in Katarínas Hand: „Das ist für dich, mach damit, was du willst."

Katarína starrte auf die Haarspange, dann ihrer Freundin ins Gesicht. Wegen ihres Ausdrucks musste Viera lächeln. Zwei Plätze wurden frei, sie setzten sich, und Viera sagte: „Komm schon, ich wollte dir nur ein bisschen gute Laune machen, diese blöde Zeit wird auch vorbeigehen."

Katarína wusste, worauf sie anspielte. Ihr Vater hatte vor drei Monaten seine Arbeit verloren. Der Mathematiklehrer Škorec, glühender Anhänger Mečiars, war Schulleiter geworden und hatte sich in den Kopf gesetzt, mit seinen Säuberungen ausgerechnet bei Jozef anzufangen. Jetzt verbrachte ihr Vater seine Tage im Sessel vor dem Fernseher oder am Fenster, das schien für ihn kein großer Unterschied zu sein. Um vier Uhr nachmittags war er schon völlig betrunken. Wenn ihre Mutter abends heimkam, weckte sie ihn auf, um ihn mit Beschimpfungen zu überschütten.

Es gab Nächte, in denen Katarína gerne zu Dora ins Bett geschlüpft wäre, um sich fest umarmen zu lassen, so wie sie es getan hatte, als sie kleiner war (wie viele Stunden hatte sie so zugebracht, um sich vor dem Geschrei ihrer Mutter in Sicherheit zu bringen). Aber Dora hatte schon damit angefangen, nachts nicht mehr nach Hause zu kommen.

Der Gestank der Stadt hatte sich verändert. Früher war Katarína an den Anblick torkelnder Gestalten auf der Straße gewöhnt gewesen, Männer und Frauen mit roten Nasen und Wangen, die sich mit einer Hand an den schmutzverkrusteten Mauern gesichtsloser Gebäude abstützten. Sie konnte am Geruch erkennen, ob sie gerade Bier, Wein oder Rum erbrachen. Die ganz Verzweifelten tranken Rum und rauchten Spartas. Aber nun gab es immer mehr neue, nicht leicht einzuordnende junge Leute, die verkrümmt auf dem Boden lagen, mit ausdruckslosen Gesichtern, nacktem Oberkörper auch im Winter und zerstochenen Armen. Heroin war der Ehrengast des ehemals kommunistischen Landes, es war die Neuheit schlechthin, ein Star.

Katarína verbarg nachts den Kopf unter ihrer Decke und betete, dass Dora heil und gesund nach Hause kommen möge.

17.

Für ihren ersten Besuch in Italien hatte Viera sich ein Paar neue Jeans gekauft, weil die, die sie schon hatte, zu weit geworden waren. Die D'Angelo trug eng anliegende Sachen, die ihre Körperformen betonten, ohne dass es je vulgär wirkte, vielleicht war das in Italien ja so üblich. Auch Vieras Kleider waren eng, aber sie folgten nicht so weich ihren Kurven, die Stoffe waren steif oder gingen sofort aus der Form. Ihre T-Shirts waren ausgeblichen, die Aufdrucke ruiniert vom vielen Waschen. Auf den Boden ihres Koffers hatte sie die Sneakers und die Schlappen gelegt; ihre festen Schuhe würde sie auf der Reise tragen, hatte sie beschlossen. Zu den Schuhen packte sie auch das italienisch-slowakische Wörterbuch, nicht die zwei Bände, die sie an der Uni benutzte, sondern das kleinere, mit dem sie ihre Abiturprüfung bestanden hatte.

„Nimm Ibuprofen mit", ihre Mutter stand in der Tür. Viera nickte, ihre Menstruation war häufig schmerzhaft. Ihre Mutter blieb in der Tür stehen und sah ihr zu, wie sie Badeschaum, Shampoo und ein paar Cremedosen in eine Plastiktüte packte. Dann verschwand sie und kam gleich darauf mit Waschpulver zurück: „Nimm das auch noch mit, dann musst du erst mal kein Geld dafür ausgeben."

„Ich glaube nicht, dass ich als Erstes gleich waschen werde."

„Aber du brauchst doch Unterhosen."

Viera wollte ihr nicht widersprechen. Seit ein paar Tagen schlich die Mutter wie in Wartestellung um sie herum, als wollte sie sich auf die Abreise ihrer Tochter vorbereiten. Viera hatte ihr gesagt, sie werde nach sechs Monaten zurückkommen, auch wenn das noch keineswegs sicher war: Sie hoffte nämlich, über den Sommer Arbeit zu finden. Sie ging alles immer wieder im Kopf durch und versuchte sich zu konzentrieren, um nichts zu vergessen; mit ihrem Koffer ging sie so um, als wäre er ein winziges Appartement, in dem nur das Nötigste Platz fand.

Am Abend vor ihrer Abreise gab ihr die Mutter achthundert Euro, zwei ganze Monatsgehälter. Viera umarmte sie unter Tränen. Die Nacht verbrachte sie auf dem Bett liegend mit dem Blick auf die Uhr ihres Handys.

Der Bus fuhr vom Bahnhof Mlynské Nivy ab. Durchs Fenster sah Viera zu, wie die Straßen Bratislavas an ihr vorbeizogen. Sie fuhren über die Petržalka mit ihren hohen, langgezogenen und verblassten Mietshäusern, die alle gleich aussahen. Zum ersten Mal erlaubte sie sich den Gedanken, dass sie diese Häuser hasste. Sie drehte sich zur anderen Seite. Ihre Sitznachbarin hatte sich einen dicken Wollschal um den Hals gewickelt; als ihr Blick dem Vieras begegnete, sagte sie: „Später wird die Luft eiskalt, die ersten Male habe ich mich immer erkältet." Sie war aus Lučenec und wollte nach Mailand.

„Und wohin fährst du?"

„Nach Verona."

Ich habe ein Stipendium für die nächsten zwei Jahre bekommen, und ein Zimmer in einem Wohnheim gehört auch dazu, dachte Viera und lächelte.

Die junge Frau runzelte die Stirn. „Ich war früher in Padua, aber sprichst du denn Venetisch?"

„Nein, aber ich habe Italienisch an der Uni studiert."

Die Sitznachbarin zog eine Grimasse und warf ihr einen Blick voller Mitleid und Abscheu zu.

Da drehte sich Viera wieder zum Fenster, wo die Petržalka gerade ihre letzten Mietskasernen ausspuckte, eine Pracht in Grau. Es wurde dunkel, bald würden sie an der Grenze sein.

„Dieser Bus macht nur wenige Pausen", fiel der Nachbarin noch ein, wobei sie auf den Fahrer zeigte. „Rauchst du?"

Viera schüttelte den Kopf.

„Ich fahre schon seit '97 nach Italien, ich bin acht Monate im Jahr dort."

„Wie kommt's?", fragte Viera.

„Ich arbeite im Holiday Inn als Zimmermädchen. Mit dem, was ich verdiene, möchte ich bei uns ein Fitnessstudio aufmachen. Noch zwei Jahre, denke ich."

Sie hielten an der Grenze, drei Männer in Uniform stiegen zu und verlangten die Pässe. Sie ließen einen Mann in einem ausgebeulten beigefarbenen Trainingsanzug aussteigen. Viera sah, wie sie auf der Straße diskutierten, der Mann kratzte sich am Hintern und zuckte die Schultern, die drei gaben ihm den Pass zurück, dann stieg er mit genervtem Gesichtsausdruck wieder ein. Der Bus fuhr weiter.

„Immer dasselbe", murmelte die Sitznachbarin, „die denken immer noch, sie wären weiß Gott wer."

Sie ärgerte sich über die Grenzbeamten. Viera drehte sich zu den übrigen Mitreisenden um: Sie waren seltsam ruhig, fast stumm.

Einfamilienhäuser in ordentlichen Reihen mit Gärten und niedrigen Gartentoren säumten die Straße. Österreich wirkte wie ein festlich gedeckter Tisch, endlich hatten sie das Getümmel von Bratislava hinter sich gelassen.

Nach zwei Stunden parkten sie zwischen anderen Bussen. Einige Frauen stiegen mit Zahnbürste und Zahnpasta aus, andere hatten Handtaschen und Kosmetikbeutel dabei.

„Zwanzig Minuten", rief der Fahrer, während er Kaffee aus dem Automaten für zehn Kronen verteilte.

Viera stand vom Sitz auf, zerrte mehrmals kräftig an ihrem Rucksack, um ihn aus dem engen oberen Gepäckfach zu befreien, und folgte den anderen Frauen zu den Toiletten. Drinnen helles Licht und gelbe Türen, die Spiegel über den Waschbecken reflektierten das Durcheinander aus Farben, Gesichtern, Haaren, Augen.

Als sie zurück in den Bus stieg, war es dort warm und roch nach Fußschweiß. Die kleinen Lampen über den Sitzen wurden aus- und eingeschaltet, während die Passagiere durcheinanderschwatzten. Die junge Frau neben ihr rutschte ein Stück in ihrem Sitz nach unten, schob die Knie hoch und stützte sie gegen die Rückenlehne des Vordersitzes; sie roch stark nach Zigaretten. „Jetzt wird es langwierig."

Viera drückte ihren Rucksack gegen das eiskalte Fenster, legte ihren Kopf darauf und schloss die Augen. Der Motor vibrierte in ihrem Magen, in den Oberschenkeln, auf den Wangen, an den Fußsohlen. Das lullte sie ein, aber sie blieb im gleichen seltsam benommenen Wachzustand wie in der Nacht zuvor.

Von Katarína hatte sie sich am Abend zuvor verabschiedet. Ihre Freundin hatte es ihr nicht leicht gemacht: Sie war außer sich, wollte nicht reden. Viera wusste warum; sie hätte Katarína gerne umarmt und ihr gesagt, dass sie sie lieber mitgenommen hätte, und was das für eine coole Sache gewesen wäre: sie beide alleine in Italien, zum Leben, Studieren, Arbeiten. Stattdessen sagte sie, sie fühle sich schuldig, weil sie dieses Stipendium bekommen hatte.

„Das ist doch gar nicht wahr", hatte Katarína entschieden erwidert. Sie standen vor ihrem Haus, Viera wäre gerne ein Stück gegangen, aber die Freundin blieb mit dem Rücken an die Tür gelehnt stehen.

„Also, ich geh dann mal", hatte Viera schließlich gesagt und die Wange ihrer Freundin mit den Lippen berührt, wobei sie das Parfüm roch, das sie so gut kannte.

Als sie jetzt wieder die Augen öffnete, hatte sich das Motorengeräusch verändert, es kam ihr ruhiger, regelmäßiger vor; der kalte Luftzug, der ihr ins Gesicht blies, hatte den Fußgeruch vertrieben, oder sie hatte sich daran gewöhnt.

Sie schaute aus dem Fenster, weit oben schwamm ein leuchtendes Kreuz auf dem Schwarz des Himmels, es war nicht zu erkennen, ob es ein Gipfelkreuz war oder nur an einem Berghang stand. Um halb sechs hielt der Bus erneut. Ihre Nachbarin krächzte leise: „Frühstück."

Aus den Lautsprechern in der Raststätte sang eine Männerstimme „*Sei la più bella del mondo*". Viera hob den Kopf, die Musik war leise, aber es gelang ihr, die Worte des italienischen Liedes zu verstehen. Mit dem Kassenbon in der Hand trat sie an den Tresen, beobachtete die raschen Bewegungen, mit der ihr Cappuccino zubereitet wurde.

„Was für ein Croissant willst du?", fragte der junge Mann mit der weißen Mütze, während er den Glasdeckel der Auslage offen hielt.

„Mit Schokolade", antwortete Viera auf Italienisch. Es kam ihr vor, als hätte sie einen dümmlichen Akzent, ihre Stimme klang anders als sonst, so als käme sie von weit her und würde sich erst ganz am Ende mit ihrem Körper verbinden. Das Croissant war warm, und der Cappuccino schmeckte nicht nach Zimt wie in den Cafés von Bratislava. Die Wärme in ihrem Mund breitete sich im ganzen Körper aus, wie ein eingelöstes Versprechen.

Ihre Sitznachbarin kam zurück und roch erneut nach Zigaretten. Kaum hatten sie sich wieder hingesetzt, fragte sie Viera lächelnd, ob sie denn auf das Leben in Italien vorbereitet sei. Viera fragte zurück, wie denn die Italiener seien. Die junge Frau wurde ernst: „Wir sind für sie *extracomunitari*, daran musst du immer denken. Das heißt, wir sind die armen Schweine aus den Nicht-EU-Ländern, und sobald die Männer das kapiert haben, meinen sie, dass sie dich bumsen können."

Viera lachte: „Ach komm, das ist doch ein Klischee!"

Die junge Frau schnaubte: „Die können ihre Hände nicht bei sich behalten, das kannst du mir glauben, bei uns denken die, sie können sich alles erlauben. Die interessiert an Frauen nur ihr Dingsda."

„Und die Italienerinnen?"

Ihre Sitznachbarin hob den Blick zum Himmel und sagte, in den sechs Jahren, die sie schon nach Italien fahre, habe sie nicht eine einzige italienische Freundin gefunden, nur Ausländerinnen wie sie selbst.

„Wie kann das sein?"

Die junge Frau blinzelte: „Ich denke, sie haben irgendein Problem mit dem Vertrauen." Sie wickelte sich wieder in ihren langen Wollschal und schloss die Augen. Viera betrachtete noch eine Weile ihr Profil, die zusammengekniffenen Lippen, die gerunzelte Stirn. Sie fragte sich, was von dem, was ihr die Nachbarin gesagt hatte, auch bei ihr eintreten würde. Nicht viel, dachte sie. Ihr Stipendium würde sie aus der Menge der jungen Frauen hervorheben, die kamen, um in Hotels zu putzen; sie würde einen anderen Status haben als all die Altenpflegerinnen, Kindermädchen und Babysitterinnen. Sie hoffte, dank ihrer Sprachkenntnisse problemlos angenommen zu werden. Während sie das Schwarz hinter dem Fenster mit dem Blick zu durchdringen versuchte, war das Croissant in ihrem Magen zu einem kleinen harten Klumpen geworden; Viera atmete langsam ein, damit er sich löste.

18.

Am Anfang irrte Viera ziellos durch die Flure der Universität. Wenn sie nach Informationen fragte, erhielt sie nur flüchtige Antworten, alle redeten sehr schnell, es war nicht leicht, konzentriert zu bleiben. Manchmal, wenn sie im Hörsaal in der Bankreihe saß, bekam sie vor Erschöpfung starke Migräne. Sie war daran gewöhnt, Italienisch zu sprechen, aber nicht von morgens bis abends. In Bratislava machte die fremde Sprache sie zu etwas Besonderem, mit Katarína hatte sie ein Spiel daraus gemacht. Die italienischen Wörter hatten einen weichen Klang, der sich an den Gaumen schmiegte und zur Melodie wurde, das gefiel Viera. Aber hier war es etwas anderes. Ein paar Tage nach ihrer Ankunft ging sie in einen kleinen Lebensmittelladen um die Ecke (wo es mittags köstliche *panini* gab, wie sie später herausfinden sollte) und fragte nach löslichem Kaffee. Die Verkäuferin sagte etwas, aber Viera konnte sie nur ratlos anschauen: Nichts, aber auch gar nichts hatte sie verstanden! Da hatte sie nun die Sprache fast zehn Jahre lang gelernt und schaffte es nicht mal, eine Dose Kaffee zu kaufen! Die Verkäuferin nahm zwei Packungen in die Hand, eine rote und eine schwarze, und sagte langsam, Silbe für Silbe, im Dialekt: „Willst du den oder den?" Viera zeigte auf die schwarze Packung, bezahlte und ging zurück nach Hause. Dort legte sie den Kaffee auf den Tisch, es war koffeinfreier für die Moka, die typisch italienische Espressokanne für den Herd, die sie zum ersten Mal bei der Dozentin gesehen hatte.

Hatte Viera auf das Erblühen ihrer Liebesgeschichte mit Barbara gehofft, so musste sie in Verona das genaue Gegenteil erleben. Barbara war für sie praktisch nicht zu erreichen. Sie ging zwar ans Telefon und beantwortete ihre Nachrichten und Mails, war aber nie bereit, sie zu treffen. „Ich weiß noch nicht, wann wir uns sehen können, vielleicht nächstes Wochenende", sagte sie immer. Viera fluchte dann auf Slowakisch in ihrem dunklen Zimmer. Es schien, als wäre die Strecke zwischen Parma und Verona das Gummiband einer Schleuder, das ständig weiter gespannt wurde, ohne endlich den Stein freizugeben. Und sie konnte nichts anderes tun, als abzuwarten.

Eines Morgens im März erhielt sie eine Nachricht: „Morgen fahre ich nach Bratislava. Tut mir leid, wie es gelaufen ist. B." Viera hörte gerade eine Vorlesung, der Professor für italienische Sprachdidaktik im grauen Anzug mit schmaler brauner Krawatte redete, die Ellenbogen auf sein Pult gestützt, über verbale und nonverbale Elemente der Kommunikation und verglich beides mit den Knoten eines großen Netzes. Viera bemühte sich, ihm zu folgen, der Professor benutzte für seinen Vergleich italienische Begriffe, die sie nicht kannte: *cesoie, soffietto, fregi*; sie schrieb sie auf, verlor aber dabei den Faden seiner Argumentation. Entmutigt war sie gerade auf ihrem Sitz zusammengesunken, als die Nachricht kam. Langsam stand sie auf und verließ den Hörsaal, der Professor schien entschlossen, sie nicht zu beachten.

Auf dem Flur stieß sie auf die dickliche Studentin, mit der sie ihr Wohnheimzimmer teilte, und die immer so sprach, als hätte sie einen Krapfen im Mund. Ihre Mitbewohnerin fragte sie, wie es ihr gehe, und Viera, die die unverbindliche Frage mit echtem Interesse verwechselte, erzählte ihr schluchzend von Barbara. Die Studentin riss die Augen auf und stotterte etwas, sie wirkte schockiert, so als hätte sich Viera dort neben den Kaffeeautomaten nackt ausgezogen. Sie verabschiedete sich eilig und verschwand.

Draußen setzte sich Viera auf die Wiese vor der Mensa, es war ein milder Tag mit der ersten Frühlingssonne, mit gespreizten Beinen saß sie dann da und zerpflückte Grashalme. Dies war der Moment, den sie später den Nullpunkt nennen würde, eine Art kleiner persönlicher Big Bang. Barbara fuhr also zurück nach

Bratislava, und sie würde alleine in Italien bleiben. Erst da wurde ihr klar: Wenn sie Italienisch sprach, war es, als redete sie hinter einem Vorhang, alle konnten ihre Stimme hören, aber niemand würde ihr Gesicht sehen. Außer Barbara.

Ein paar Wochen zuvor war sie zu Besuch gekommen, hatte Viera durch die Straßen der Altstadt geschleppt, ihr mit Begeisterung Castelvecchio gezeigt, die Arena, die Via Mazzini, die Piazza delle Erbe mit dem unter einem Rundbogen aufgehängten Walfischknochen. Viera fühlte sich während dieser ganzen touristischen Stadtführung, als hätte sie selbst einen Angelhaken in der Seite stecken. Ihr Zimmer war im Hotel Antica Porta Leona, vierhundert Meter von dem Knochen entfernt. Barbara wirkte aufgeregt, blickte ständig auf ihr Telefon, und verlangte, dass sie vor ihrer Rückkehr ins Hotel in einer Trattoria essen sollten. Die Kellner des Pompiere, so hieß das Lokal, waren alt und sprachen Dialekt. Viera wusste nicht, was sie bestellen sollte, die Gerichte hatten regionale Bezeichnungen. Als Barbara die Geduld verlor und Wein bestellte, deutete Viera wahllos mit dem Finger auf eines der Gerichte auf der Karte. „Für mich auch", murmelte Barbara. Sie bekamen eine köstliche Bohnensuppe, und Barbaras Lächeln kehrte zurück. Plötzlich aber klingelte ihr Telefon; sie nahm nicht gleich ab, sondern ging hinaus auf die Straße. Später im Hotel lief Barbara durchs Zimmer, als wollte sie es vermessen, und blieb dann abrupt stehen: „Du musst wissen, ich habe hier ein Leben."

Viera nickte und biss sich auf die Lippen, um die lästige Frage „Und ich?" zurückzuhalten. Stattdessen streckte sie eine Hand aus, um Barbara an sich zu ziehen, aber diese wich zurück. „Vielleicht ist es besser, wenn wir es sein lassen, meinst du nicht?" Und das war der Moment, als sie nicht mehr an sich halten konnte: Nein, das meine sie überhaupt nicht, sie hätte lieber vor ihrer Abreise erfahren, dass Barbara sich mit jemand anderem traf. Fassungslos breitete sie die Arme aus, als sie erfuhr, dass es ein Mann war: „Warum hast du mir nichts gesagt?"

„Weiß nicht, es war nicht wichtig!", antwortete Barbara trocken. Viera sah sie wie versteinert an. Was sollte das heißen, nicht wichtig?

„Also, warum haben wir uns dann überhaupt getroffen?" Viera sah sich um, das Zimmer war lila gestrichen, Vorhänge und Tagesdecke waren violett.

„Du hast es doch gewollt", erinnerte Barbara sie und setzte sich auf das samtbezogene Sofa gegenüber dem Bett. Viera zog sich Jacke und Mütze an, ihre Hände waren eiskalt; sie fasste sich ins Gesicht, das glühte, nahm ihren Rucksack und hängte ihn sich über die Schulter. Sie bewegte sich wie in einem Nebel, ganz langsam, fast so, als könnte sie sich bei einem ruckartigen Schritt sofort an einer Kante stoßen; sie ging auf die Tür zu und drehte sich noch einmal um. Barbara saß auf diesem dummen kleinen purpurfarbenen Sofa und blickte sie an. Ihre Nachrichten mit den Ausreden, die eiligen Telefongespräche, all das ergab jetzt auf einmal Sinn. Sie würden die Nacht nicht zusammen verbringen, Barbara hatte das Zimmer nur für sich alleine reserviert. Viera hätte die Tür gerne zugeschlagen, aber ein Federmechanismus sorgte dafür, dass sie sanft und leise ins Schloss fiel.

Viera erhob sich von der Wiese vor der Mensa, ihre Finger waren schmutzig vom Gras, sie versuchte sie mit einem Taschentuch zu säubern, bevor sie zurück in den Hörsaal ging. Der Professor schritt jetzt den Mittelgang zwischen den Sitzreihen ab. Im hinteren Teil war alles besetzt, und sie musste ein paar zusätzliche Schritte gehen, um zu den vorderen Plätzen zu gelangen. Professor Malgari tat wieder so, als sähe er sie nicht, vielleicht war er auch nur an das ständige Hin und Her seiner Studenten gewöhnt. Er war ein kahlköpfiger Mann mit roten Wangen und aufmerksamem Blick; seine dünnen Beine bildeten einen Gegensatz zu dem runden Gesicht, das Viera an einen Luftballon an einer Schnur erinnerte. Viera nahm ihr Telefon, löschte Barbaras Nachricht und schaltete es aus, dann schlug sie ihr Heft wieder auf. Der Professor ging neben ihr vorbei, und sie deckte mit der Hand ihr halbleeres Blatt ab, auf dem nur ein paar hingekritzelte Notizen standen. Aber es gelang ihr nicht mehr, sich zu konzentrieren, sie legte den Stift weg, um dem Professor wenigstens mit dem Blick zu folgen. In der ersten Sitzung hatte Malgari gesagt, er wolle Studenten, die aktiv teilnähmen und antworteten, wenn man sie etwas fragte – keine, die nur körperlich anwesend seien und stumm auf ihren Sitzen kauerten, so wie Viera es gerade tat. In ihr hatte es eine Art Klick gegeben, das hatte sie genau gespürt, wie ein Fingerschnalzen, aber im Kopf. Sie wusste, was das bedeutete, es passierte ihr nicht zum ersten Mal. Wenn sie zu müde oder zu aufgewühlt war, kam ihre Muttersprache wieder durch. Das Slowakische fehlte ihr, sie sprach es nachts in ihren Träumen, sie sprach es, wenn sie zu Hause anrief und ihrer Mutter begeistert von ihrem Alltag erzählte, wobei sie alle dunklen Momente wegließ. Fast ohne es zu merken, griff sie wieder nach ihrem Stift und begann eifrig zu schreiben; als sie kurz den Kopf hob, kreuzte sie den zufriedenen Blick des Professors. Sofort beugte sie sich wieder über ihr Heft, das Blatt füllte sich jetzt in hektischem Rhythmus mit Kraftausdrücken, Flüchen und Beschimpfungen auf Slowakisch, die ihr großartig gelangen, vulgär und kraftvoll, es war eine einzige Befreiung.

Später, bei der Vorbereitung auf die Prüfung in Allgemeiner Sprachdidaktik und Didaktik des Italienischen, musste sie sämtliche Aufzeichnungen zu der Vorlesung nacharbeiten. Sie traute ihren eigenen Notizen nicht, zumal der Professor den Ruf hatte, pingelig zu sein und exakte Definitionen zu verlangen. Am Tag der Prüfung tauschte sie ihren Termin gegen den einer Mitstudentin; da sie zunächst nicht wusste, wie die Anmeldung funktionierte, hatte sie sich erst spät eingetragen und wäre deshalb erst am folgenden Tag an der Reihe gewesen. Die Vorstellung, mit all dem Stoff im Kopf erst noch einmal nach Hause zu gehen, hatte ihr Angst gemacht: Entweder wäre ihr Gehirn explodiert, oder sie hätte alles wieder vergessen. Als sie vor Professor Malgaris rundem Gesicht Platz nahm, lächelte sie ihn an, er aber begrüßte sie teilnahmslos und begann sofort mit seinen Fragen (Können Sie die Prinzipien der Allgemeinen Sprachdidaktik darlegen? Beschreiben Sie bitte die Umwelt-Hypothese, das Speaking-Modell von Hymes. Welches sind die psycho-affektiven Aspekte beim Spracherwerb? Welches sind die Unterschiede zwischen Muttersprache, Zweitsprache und Fremdsprache?). Während Viera ihre Antworten formulierte, wurde der Blick des Professors aufmerksamer, er ließ sie ausreden und gab ihr die nötige Zeit, nach den passenden Vokabeln zu suchen. Viera sprach mit lauter Stimme und geradem Rücken, leicht nach vorne gebeugt: „... also kann man die Auswirkungen der Zweitsprache auf den Lerner als Kulturschock definieren und ...“

„Können Sie das bestätigen?“, unterbrach sie der Professor.

Viera hielt einen Augenblick inne, schien verwirrt zu sein, nickte aber dann. Der Professor schlug ihr Studienbuch auf und kritzelte etwas hinein. Er fragte sie, woher sie komme und was ihr an seinen Vorlesungen gefallen habe. Viera sagte, sie sei aus Bratislava, er streckte ihr das Buch hin und lächelte.

„Großes Kompliment.“

„Sapir-Whorf-Hypothese.“

„Wie bitte?“

„Mir hat gefallen, wie Sie gesagt haben: ‚Die Art, wie man die Welt sieht, wird vollständig oder teilweise von der Struktur der eigenen Muttersprache bestimmt.‘“

„Sie sind also fasziniert von der linguistischen Relativität.“

„Eigentlich würde ich sie am liebsten widerlegen.“

Der Professor lächelte amüsiert, Viera stand auf und ging auf die Tür zu; sie war sicher, dass sein Blick noch auf ihr ruhte, und sie täuschte sich nicht.

19.

Als Eugen und Katarína Lukáš besuchten, der sie zum Abendessen eingeladen hatte, waren seit der Fehlgeburt genau zwei
Wochen vergangen. Sie fuhren durch ganz Prag bis Dolní Chabry.
Am Ortsrand hielten sie in einem Wohngebiet, das direkt an
den Wald grenzte. Es war dunkel, und sie konnten kaum etwas
erkennen. Dann ging plötzlich ein weißes Licht an: Lukáš stand
lächelnd in der Tür und bedeutete ihnen, dass sie hereinkommen
sollten.

Drinnen unter ihren Füßen verliefen lange Dielenbretter aus
weißem Holz, ein grobes, aber Wärme ausstrahlendes Parkett;
hinter einer riesigen Fensterscheibe konnte man kleine Toma-
tenpflanzen erahnen.

„Mein Blumentopfgarten, ich schaue ihnen so gerne beim
Wachsen zu", sagte Lukáš, der Katarínas Blick gefolgt war. Sie
zogen die Schuhe aus und betraten hinter ihm das Wohnzimmer.
Im Kamin prasselte ein Feuer, davor ein Wollteppich in knalli-
gen Farben, die mit dem übrigen Zimmer kontrastierten. Darum
herum vier formlose Sitzsäcke, die aussahen wie Felsbrocken,
aber weich. Katarína trat zum Kamin, ihre Hände waren kalt,
und sie hielt die Handflächen in die lebendige Wärme des Feuers.

„Ihr habt nichts dagegen, wenn wir hier essen, oder?", fragte
Lukáš mit zwei Bambustabletts auf den Händen, eines gab er
Katarína, das andere Eugen und ging dann zurück in die Küche,
um seines zu holen.

„Warum kaufst du dir nicht mal einen Tisch?", neckte ihn
Eugen.

„Wenn du willst, nimm dir einen Sitzsack", wandte sich Lukáš an Katarína, „ich mach's lieber so." Er setzte sich mit gekreuzten Beinen auf den bunten Teppich und hielt das Tablett auf Brusthöhe, Katarína tat es ihm nach.

„Fladenbrot mit Falafel aus Kichererbsen und Spinat, dazu Avocado und saure Sahne mit Limette."

Katarína probierte das Fladenbrot, etwas Sahne tropfte herunter. Hinter Lukáš stand ein Regal, das von Büchern überquoll, sie versuchte die Titel zu lesen, aber das Licht war nicht hell genug. Als sie fertig gegessen hatte, streckte sie sich auf einem der Sitzsäcke aus, bei jeder Bewegung verschob sich die Masse unter ihr und passte sich an ihren Körper an, das war sehr bequem.

Lukáš war am Boden sitzengeblieben und starrte ins Feuer, er war ernst geworden. Katarína hatte ihn nur wenige Male so erlebt. Er war einer von diesen Menschen, die immer lächeln und Witze machen, stets fröhlich und zufrieden wirken. Einer dieser Glückspilze, die sich über den Regen und den dunklen Himmel freuen können, die über die Zyklen der Natur sprechen und über den Zufall, den es nicht gibt, weil alles leuchtet und mit allem verbunden ist.

Sie wusste von Eugen, dass er aus einer Bauunternehmerfamilie stammte, aber einen ganz anderen Weg eingeschlagen hatte: Er erstellte Webseiten für die Welt des Internets. Lukáš streckte die Hand Richtung Kamin aus und griff nach einem Gegenstand, der wie eine Fernbedienung aussah. Erst jetzt bemerkte Katarína, dass es keinen Fernseher gab. Lukáš ließ ein Lied laufen, das sie an ihre Zeit am Gymnasium erinnerte. Viera fehlte ihr, es war so schwierig: Die Distanz, die sich zwischen sie und ihre Freundin geschoben hatte, war ein Gebirge, das zu erklimmen sie weder die Energie, noch den Mut besaß. Sie bekam Tränen in die Augen und sah, wie Eugen sich alarmiert in ihre Richtung beugte. Sie atmete tief ein, aus Erfahrung wusste sie, dass die Tränen ihre Kraft verlieren, wenn man ihnen entgegenatmet. Dann ließ sie sich wieder in den grauen Stoff zurücksinken und hörte zu, wie die beiden sich halblaut unterhielten.

„Hast du schon mal MySpace ausprobiert?"

„Interessiert mich nicht."

Lukáš machte eine wegwerfende Handbewegung, als wollte er unsichtbare Armbänder in Richtung Handgelenk schütteln. „Dann hast du nichts kapiert. Diese Plattformen sind die Zukunft."

Eugen verdrehte die Augen zur Decke. „Das will ich mal nicht hoffen."

„Für mich bist du eher ein Gärtner als ein Nerd", stellte Katarína fest.

„Schön wär's!" Lukáš wurde lebhafter. „Aber mein Terrassengarten gibt wenig her, ich bekomme einmal pro Woche eine Kiste von einem Bauernhof ein paar Kilometer von hier, das Gemüse dort schmeckt so intensiv, manchmal hat es ganz unglaubliche Formen, und das finde ich gerade schön, verstehst du?"

„Wie auch immer, Katarína hat das Problem erkannt, nämlich das, was ich dir immer sage: Du tust so, als ob du jemand wärst, der du nicht bist", schaltete sich Eugen ein.

„Ich verstehe nicht, warum es widersprüchlich sein soll, Bio-Gemüse zu essen und sich mit Webseiten für Škoda zu beschäftigen", sagte Katarína schroff zu Eugen, er berührte sein Kinn mit dem Dreitagebart, wirkte nervös.

Lukáš war wieder ernst geworden, blickte erneut ins Feuer und sagte nach einer Weile, ohne den Blick von den Flammen zu wenden: „Ich habe in der *Lidové Noviny* gelesen, dass dieses Medikament, wie heißt es doch gleich, Viox, Schlaganfall oder Infarkt auslösen kann, auch mein Vater nimmt es gegen seine Arthritis, wird das von eurer Firma vertrieben?"

Katarína schielte zu ihrem Mann, der den Kopf schüttelte: „Nein."

„Aber wie kann denn das sein? Werden Medikamente denn nicht getestet?"

„Jetzt fang mal nicht an, den ganzen Pharmasektor zu beschuldigen, nur weil eine Firma ein paar Daten unterschlagen hat."

„Ein paar Daten unterschlagen? Sag mal, hörst du dir eigentlich selber zu? Sie sagen, durch dieses ‚Versehen' sind mehr Leute gestorben als bei dem Tsunami im vorigen Dezember!"

„Das muss erstmal bewiesen werden. Viox ist sicher in der Kurzzeitbehandlung, erst nach achtzehn Monaten macht es Probleme, und so viel Zeit musste erst verstreichen, bevor man es testen konnte."

„Sie sagen, dass viel mehr Zeit vergangen sei!"

„Du solltest nicht alles glauben, was ‚sie' sagen. Sicher ist, dass es sofort aus dem Handel genommen wurde. In der echten Welt passieren solche Sachen, da kannst du nicht alles kontrollieren wie in deinem Netz."

Eugen machte eine genervte Handbewegung. Lukáš nahm einen Schürhaken und stocherte in den Flammen herum.

„Ich bin gerne im Netz, es erinnert mich an meine Pflanzen ... Es hat eine Struktur und einen Nutzen, und ich kann mir aussuchen, welchem Projekt ich folge und welchem nicht. Auch wenn sie mir weniger zahlen würden, würde ich trotzdem weitermachen."

„Weil du einfach den Sozialismus in dir drin hast", sagte Eugen halblaut. Es klang nicht wie ein Vorwurf, sondern wie eine freundschaftliche Feststellung.

„Mein Großvater ist von einem Tag auf den anderen verschwunden, er hatte nicht verstanden, dass man nicht aus der Reihe tanzen durfte, oder er hatte es verstanden und hat es trotzdem getan. Ich bin so wie er, du kannst mich nicht einen Kommunisten schimpfen, nur weil ich nicht davon überzeugt bin, dass das, was wir jetzt erleben, das Nonplusultra ist."

„Ich habe nicht gesagt, es sei das Nonplusultra ..."

„Aber du verteidigst die ganze Zeit die Fehler, die die Firmen machen, und verkaufst weiterhin dieses Zeug!"

„Fandest du es besser, als es gar keine Medikamente gab? Als nur der Stärkste überlebt hat?"

„Jetzt überlebt eben der Reichste."

„Wir sind doch nicht in Amerika, die Versicherungen zahlen doch einen Teil der Arzneikosten."

„Noch", sagte Lukáš.

„Ich verstehe nicht, was du willst, Lukáš, du wünschst dir eine hypertechnologisierte Zukunft, aber dann boykottierst du jeden Fortschritt. Du musst dich mal entscheiden, auf welcher Seite du stehst."

Lukáš schüttelte langsam den Kopf, er schien etwas zu lesen, was vor ihm im Feuer geschrieben stand. „Es gibt auch Mittelwege", erwiderte er.

Eugen ließ sich in seinen Sitzsack sinken. Das Lied war zu Ende, man hörte nur noch das Knistern der Flammen. Katarína folgte ihnen mit dem Blick, sie bewegten sich ruckartig, Silhouetten aus Licht; dann schloss sie die Augen und nahm den Widerschein des Flackerns durch ihre Lider wahr.

Auf dem Rückweg im Auto legte Eugen seine Hand auf Katarínas Oberschenkel, wie er es beim Fahren häufig tat; normalerweise legte sie dann ihre Hand auf sein Bein. Das war ein Ritual geworden, eine Position, die sie bei kürzeren Fahrten einnahmen (bei längeren schlief sie immer ein, auf dem Sitz zusammengekauert oder mit den Beinen auf dem Armaturenbrett). Diesmal ließ sie ihre gefalteten Hände auf dem Bauch liegen.

„Alles okay?", fragte Eugen.

Katarína hatte den Kopf zu ihrem Fenster gedreht, die Verkehrslichter wurden weniger; wenn sie die Augen halb schloss, sah sie nur rote, gelbe und orangefarbene Flecken. Dora hatte ihr vor ein paar Tagen geantwortet. Sie war die Einzige, der Katarína von ihrer Fehlgeburt erzählt hatte. „Ich glaube, mir ist das auch mal passiert, aber ich hab's gefeiert, stell dir vor!" Katarína wusste nichts davon, wann war das gewesen? Zum ersten Mal schrieb sie nicht sofort zurück. Sie fand, ihr Schmerz sei einzigartig, und sie habe ein Recht, getröstet zu werden, aber es war ganz klar ein Fehler gewesen, Trost ausgerechnet bei Dora zu suchen. Ein bisschen wie Lukáš, als er an diesem Abend Eugen auf das

Medikament angesprochen hatte. Von den Starken kann man kein Verständnis erwarten, sie werden sich nicht zu einem setzen und einfach nur zuhören: Ihre Stärke liegt im unmittelbaren Handeln und Reagieren.

„Alles okay?", wiederholte Eugen.

Katarína schaute weiter aus dem Fenster; nach einer Weile nahm er die Hand von ihrem Bein und legte sie wieder aufs Steuerrad.

20.

Am Nachmittag des 26. Dezember gingen sie alle zusammen die Krippe anschauen. „*Ježiško* ist geboren", sagte Olga zu ihrer kleinen Tochter, während sie ihr einen Schal um den Hals band. Magdalénka verlagerte ihr Gewicht von einem Fuß auf den anderen, während sie sich mit einer Hand, die schon im Handschuh steckte, an Katarína festhielt. In ein paar Monaten würde sie eine große Schwester sein, und vielleicht wollte Olga sie daran erinnern. Dora war vor sieben Jahren nach Amerika gegangen und nicht mehr zurückgekommen. Katarína wusste nur noch sehr wenig von ihrer Schwester. Sie drückte Madalénkas Hand, und zusammen gingen sie hinaus.

Der Schnee war noch da, wirkte aber zusammengefallen, nicht mehr weiß und weich, sondern wie eine schwere, feuchte Masse. Olga und Jojo liefen hinter ihnen, und Katarína kam es so vor, als redeten sie extra leise, um nicht von ihr verstanden zu werden. Jojo hatte das Auto an der Donau geparkt; sie mussten eine Weile bis ins Zentrum laufen.

In der Franziskanerkirche stellten sie sich in die Schlange, um die Krippe zu sehen. Sie bestand aus drei Ebenen, ein schwaches Licht fiel auf die Landschaft mit einem Wasserfall und verschiedenen Figuren. Magdalénka gefielen vor allem die Schafe, Katarína musste sie mit lauter Stimme zählen und dann raten, welches die Kleine am liebsten mochte. Katarínas Vater hatte immer Dora am liebsten gehabt, da gab es keinen Zweifel. Seit sie weg war, hatte ein Teil von ihm, der fröhlichste, strahlendste, aufgehört zu existieren. Aber soweit sie wusste, hatte er sich nie bei ihr gemeldet, vielleicht weil er sich nicht traute. Dora schrieb nur an Katarína, manchmal ein paar Zeilen Glückwünsche an Jojo: zur Hochzeit, zu Magdalénkas Geburt. Ihre Mutter sprach den Namen der Tochter nicht mehr aus, seit sie nicht mehr da war, und Jozef hatte sich angepasst, wie immer.

Sie gingen in ein Café und bestellten eine heiße Schokolade für die Kleine, Olga half ihr, damit sie sich nicht schmutzig machte, Jojo spielte mit einem Taschentuch herum.

„Weißt du schon, was du machen willst?", fragte er Katarína.

Sie fixierte ihn: Wenn er nicht bei den Eltern war, war er ein anderer, sein Gesicht entspannter, sein Blick aufrichtig. „Meinst du an Silvester", fragte sie und legte den Kopf zur Seite wie als Kind, wenn sie ihn beim Damespielen herausforderte, „oder mit meiner Ehe?"

Magdalénka stieß an die Tischkante, und ein bisschen von der heißen Schokolade schwappte aus der Tasse, Jojo tupfte es mit dem Taschentuch auf.

„Es ist auch für ihn nicht einfach zurzeit."

„Nicht einfach für Eugen?"

„Es hat Demonstrationen gegen die Pharmafirmen gegeben, man redet immer noch über den Fall Viox."

Katarína brauchte einen Moment, um zu verstehen, worauf sich ihr Bruder bezog.

„Das ist doch nicht dein Ernst! Was hat Eugen mit diesem Medikament zu tun? Seine Firma verkauft es doch gar nicht."

„Die öffentliche Debatte hat sich auf den ganzen Pharmasektor ausgeweitet, man verlangt eine Garantie für die reale therapeutische Wirksamkeit der Mittel. Sie haben auch Eugens Vater interviewt, ich habe ihn im Fernsehen gesehen."

„Robert? Wann?"

„Im November, glaub ich."

Im November hatte Eugen schon nicht mehr zu Hause gewohnt.

„Ich mag nicht darüber reden", Katarína wandte den Kopf und blickte aus dem Fenster.

„Manchmal bist du echt wie Dora."

Sie fixierte ihn erneut, er hielt ihrem Blick stand.

„Am Donnerstag geht's los, wir fahren nach Bologna."

„Aber war Viera denn nicht in Verona?", fragte Olga, während sie Magdalénka den Mund abwischte; die Ränder ihrer Lippen sahen aus wie mit einem braunen Buntstift nachgezogen.

„Warum nach Bologna?", fragte auch Jojo.

„Sie wohnt jetzt dort, sie arbeitet als Touristenführerin ... Das habe ich allerdings auch erst heute Morgen erfahren, als wir die Fahrkarten gekauft haben."

„Bist du sicher, dass du fahren willst? Und deine Ehe?"

„Ich war ja nicht die, die gegangen ist", Katarína hob die Stimme, und einige Besucher des Cafés drehten sich nach ihr um. „Außerdem ändert es auch nichts, wenn ich über Silvester hierbleibe."

„Nein, aber vielleicht wenn du nach Prag zurückfahren würdest ..."

„Du hast also mit Eugen gesprochen!"

„Er war es, der mich angerufen hat."

Katarína holte tief Luft. „Wann?"

„Gestern Abend, wir haben uns frohe Weihnachten gewünscht, nur ganz kurz, stimmt's, Olga?"

Seine Frau nickte.

„Es ist ihm wichtig, Katka", sagte Jojo leise.

„Es ist ihm so wichtig, dass er sich jetzt überall mit dieser anderen Frau blicken lässt! Das hat er dir am Telefon wohl nicht gesagt?" Katarína stand mit einem Ruck auf. „Gehen wir?"

„Ja!", rief Magdalénka glücklich, ihre Wangen waren röter als sonst.

Sie gingen weiter bis zur Blauen Kirche, vorbei an dem Haus, in dem die D'Angelo wohnte. Die Fenster waren dunkel, und Katarína fragte sich, ob die Dozentin bereits umgezogen war. Auf der Straße wirkte Jojo nervös, beim Gehen klapperte er mit den Absätzen. Das hatte er schon als Kind getan, Dora hatte es ihm immer nachgemacht; er sagte dann, sie solle damit aufhören.

Morgens hatte Katarína eine Mail von ihr vorgefunden, Dora hatte sie sechs Minuten nach Mitternacht von Washington abgeschickt. Katarína rechnete immer die Zeitverschiebung nach, sie stellte sich Dora vor, wie sie ihr vom Bett aus schrieb, bevor sie einschlief. Das hätte sie Jojo vorhin gerne erzählt, aber dann waren sie losgegangen, und später hatte sie keine Lust mehr gehabt. Am Anfang redeten sie in der Familie nicht von Dora, weil alle dachten, sie würde bald wiederkommen. Sie hätte nur drei Monate in den USA bleiben sollen, weil ihr Visum dann ablief. Aber Dora blieb und arbeitete weiter bei Dunkin' Donuts in Rockville: schwarz. Hier sind sie daran gewöhnt, schrieb sie, du bist wie ein Sklave, du darfst nicht krank werden oder dich beschweren, sie tolerieren dich, sie bezahlen dich, aber du musst glücklich sein.

Auch die Mail, die sie am Morgen bekommen hatte, war kurz, wie all die anderen. Ich bin in der neuen Wohnung, ich habe Ian verlassen, stand darin. Sie war mit Ian seit sechs Jahren zusammen, er hatte sie mit dem Motorrad angefahren, dabei hatten sie sich kennengelernt, ein freundlicher Zusammenstoß, so hatte sie es genannt. Ich habe Ian verlassen. Diese Worte hatten Katarína beunruhigt. Vor sieben Jahren hatte Dora die Kraft gehabt, erst in diesen Bus und dann in ein Flugzeug in die Vereinigten Staaten zu steigen. Katarína hatte sie bewundert und gehasst: für ihren Mut und für ihre Entschlossenheit, die Sache bis zum Ende durchzuziehen. Dafür, dass sie loslassen konnte. Katarína legte sich die Hand auf den Bauch: Der Faden, der sie mit ihrer Schwester verband und sich in den letzten Jahren gelockert zu haben schien, spannte jetzt wieder. Es war ihr, als sähe sie Dora, wie sie in einem dunklen Zimmer auf und ab ging, ihre Bewegungen waren ruckartig, sie blieb stehen und lief weiter, und dann verschwand das Bild wieder. Sie hätte den Knoten, den sie in ihrem Magen spürte, gerne in die Hand genommen und heftig daran gezogen, noch einmal und noch einmal, bis ihre Schwester wieder vor ihr stehen würde, gegen ihren Willen von dem Gezerre herbeigerufen.

Katarína starrte noch lange auf den Bildschirm, Dora wünschte ihr ein trotz allem ein fröhliches Weihnachtsfest, es tue ihr leid wegen Eugen. Wer weiß, ob sie ihr überhaupt das mit Ian geschrieben hätte, wenn sie nicht selbst den Bruch mit ihrem Mann angedeutet hätte? Dann der letzte Satz: Du fehlst mir, Schwesterchen. Katarína wusste, dass sie auch dieses Mal nicht sofort antworten würde.

21.

Die Einzimmerwohnung war in der Innenstadt von Bologna, hinter der Piazza Maggiore. Es gab eine Kochecke, ein Bett, ein Bad und einen Balkon. Man hätte sie beklemmend finden können, doch das war sie nicht. Sie wirkte wie ein modernes Nest, nüchtern und schlank, wie Viera selbst. Vom Balkon aus konnte man nicht auf die Straße sehen, nur auf eine unendliche Fläche aus Dächern.

Als sie eintraten, zeigte das Thermometer im Zimmer vierzehn Grad. Viera stellte die Heizung an und kochte einen Kräutertee. Von draußen drang durch die gläserne Balkontür Licht herein, zu hell für einen 30. Dezember.

„Gefällt es dir?", fragte Viera.

Katarína nickte.

Viera lächelte und trank einen Schluck Tee: „Bologna erinnert mich an Bratislava."

Sie sprach den Namen ihrer beider Heimatstadt so aus, wie es Ausländer tun: das t bleibt unverändert, wird nicht weicher durch den darauffolgenden Vokal.

„Vor allem ein paar kleine Straßen im Zentrum, manchmal verwechsle ich die mit zu Hause, es ist, als wäre ich auf zwei Ebenen derselben Realität unterwegs, das gefällt mir." Das sagte sie auf Italienisch, so als würde sie gar nicht mehr in ihrer gemeinsamen Muttersprache denken, das war Katarína schon in Bratislava aufgefallen, als sie sich im Café getroffen hatten. Es wirkte, als wäre für sie das Slowakische die Fremdsprache.

„Bist du deshalb hierhergezogen?", fragte Katarína.

„Nein, ich habe mich auf eine Stelle beworben."

Viera teilte das auf ihre ungerührte Art mit, wie damals, als sie die Ergebnisse der Zulassungsprüfungen für das Romanistik-Studium in Bratislava erhalten hatten: Sie stand auf dem ersten Platz und schien davon keineswegs überrascht zu sein.

„Am Anfang war es schwierig mit der Eingewöhnung." Viera hob ihre Tasse an, um zu trinken, doch dann hielt sie inne, die schlanken Finger um das weiße Porzellan gelegt. „Hast du gewusst, dass du hier in Italien, wenn du zweihundert Gramm Schinken kaufen willst, an der Wursttheke zuerst eine Nummer ziehen musst? Und dass du dir auf der Post selber merken musst, wer vor dir drankommt? Sogar die einfachsten Sachen werden kompliziert, wenn du nicht weißt, wie sie gehen." Viera nahm einen Schluck mit geschlossenen Augen, dann fuhr sie fort: Nach Beendigung ihres Hochschulstudiums in Verona habe sie eine andere Beschäftigung gebraucht und in den letzten Monaten als Komparsin in der Arena gearbeitet.

„Ich bin groß, das Gesicht sieht man von Weitem nicht, die Statur aber schon. Ich denke, sie haben mich deshalb ausgesucht. Nur ganz einfache Choreografien. Ich war fast jeden Abend dort, als Komparsin wurde ich in allen Stücken gebraucht. Tagsüber habe ich geschlafen, nachts bin ich auf der Bühne rumgelaufen, habe ganz gut verdient und wenig ausgegeben. Es gab auch ein Mädchen, das mir gefallen hat, manchmal kam sie zu mir ins Wohnheim. Ich habe es immer ausgenutzt, wenn meine Mitbewohnerin nach Hause fuhr, es störte sie, wenn ich jemanden aufs Zimmer brachte, *ježiš*, sie ist jünger als wir und so verklemmt! Vor drei Monaten, als ich nachts nach der Vorstellung aus der Arena kam, stand plötzlich Barbara da und wartete auf mich. Wir hatten uns über zwei Jahre nicht mehr gesehen."

Sie hatte im Wohnheim nach Viera gefragt, und ihre Mitbewohnerin hatte ihr etwas unwillig das mit der Arena gesagt. Als Viera auf der Piazza Bra auftauchte, schlug Barbara ihr vor, einen Cocktail trinken zu gehen; die Bar war weder angesagt noch romantisch, eine merkwürdige Wahl für die Dozentin. Viera hatte sie dort näher betrachten können. Sie wirkte erschöpft, ihre Lider waren halb geschlossen wie bei jemandem, der an schwerer Migräne leidet. Viera war nicht überrascht gewesen, als Barbara ihr vorschlug, mit zu ihr ins Hotel zu kommen. Sie hatte sich ein Zimmer im obersten Stock eines Gebäudes in der Via Mazzini genommen, von der Straße war das fröhliche Stimmengewirr der ersten Septembernächte zu hören.

Barbaras Körper dagegen war immer noch derselbe; was auch immer ihr passiert sein mochte, es hatte keine Spuren auf ihren Schenkeln, auf ihren Brüsten oder auf ihrem Bauch hinterlassen. Viera hatte sie ausgezogen wie beim ersten Mal in Bratislava, sie langsam vom Hals bis zu den Armen und weiter die Hüften entlang gestreichelt, wobei sie die sensiblen Bereiche mied, das tat sie bewusst und behutsam. Barbara seufzte, die Augen halb geschlossen. Etwas hatte sich verändert in ihrem Umgang. Viera hielt inne, aber Barbara nahm ihre Hand und drückte sie zwischen ihre Schenkel. Diese warme Berührung fand Viera schön, sie beugte sich herunter und küsste Barbara lange, wie damals. Später ließ sie sich, den Kopf auf Barbaras Bauch gelegt, von ihrem Atem einlullen. Barbara hatte ihr von ihrem Freund erzählt, sie lebten jetzt zusammen, verstanden sich aber nicht mehr.

„Du musst mir gegenüber nicht unbedingt schlecht von ihm reden."

Viera hatte sich wieder angezogen und war ans Fenster getreten. Verona war lebendig, das Fließen der Menge auf den Straßen vollzog sich ohne die Hektik des Tages. „Ich habe dich vermisst und mich jedes Mal gefreut, wenn du auf meine Nachrichten geantwortet hast", hatte Barbara gesagt; in der Tat hatte sie ihr in letzter Zeit wieder häufiger geschrieben.

„Ich weiß nicht, sie wirkte irgendwie durcheinander, verstehst du?"

„Die D'Angelo?", fragte Katarína und streckte sich neben ihrer Freundin auf dem Bett aus.

Viera lächelte: „Du machst mich wahnsinnig, wenn du sie

immer noch so nennst." Sie streckte die Beine aus und stützte sie an der Dachschräge ab. Sie sind wirklich lang, dachte Katarína.

Viera hatte dann das Hotelzimmer verlassen, nachdem sie zu Barbara gesagt hatte, sie solle ihr nicht mehr schreiben und sie nicht mehr anrufen. Statt in ihr Wohnheim, ging sie zurück zur Arena. Sie hatte geschlossen, die Bühnenbildelemente von *Aida* standen auf der Piazza Bra herum. Ein Mann in Jackett und Krawatte ging an ihr vorbei, der sie an Professor Malgari erinnerte. Bevor er sich nach der Verteidigung ihrer Abschlussarbeit von ihr verabschiedete, hatte er ihr ein Stellenangebot für Touristenführer empfohlen, es sei allerdings in Bologna, sie würde umziehen müssen, hatte er hinzugefügt. Viera hatte das bis zu jener Nacht nicht in Betracht gezogen. Jetzt hob sie einen Arm und zeigte einer imaginären Touristengruppe die Arena. In einiger Entfernung lachte jemand, sie aber blieb genau so stehen, als Freiheitsstatue.

„Am nächsten Tag habe ich die Webseite für die Ausschreibung gesucht und mich beworben."

Katarína drehte sich auf die Seite und kratzte sich im Nacken, Viera berührte ihre Wange.

„Wenn ich nicht hier in der Wohnung bin, spreche ich kein Slowakisch mehr." Es klang wie eine Warnung, als stellte sie für Katarína die Regeln auf. Nach einer Weile erzählte sie mit geschlossenen Augen, als redete sie mit sich selbst: „Meine Eltern haben nie dieselbe Sprache gesprochen, nicht nur mit mir nicht, sondern auch nicht miteinander: Sie hatten einfach keine gemeinsame Sprache. So habe ich sofort gelernt, Slowakisch von Tschechisch zu unterscheiden, ich musste immer aufpassen, die beiden Sprachen nicht zu vermischen: Wenn ich in einer davon Fehler machte, freute sich der eine, und der andere war sauer."

Katarína hielt den Atem an, sie wusste nichts über Vieras früheres Leben, als ihr Vater noch fest bei ihnen wohnte und sie noch eine Familie waren. Als sie sie kennenlernte, trug sie bereits die Vorzeichen der Trennung mit sich herum.

„Wenn ich mit meinem Vater auf der Straße unterwegs war, wurde ich Tschechin, wenn meine Mutter mich an der Hand hielt, war ich Slowakin, jedenfalls für unsere Umgebung. Die Sprache drückt dir immer sofort einen Stempel auf. Ich will nicht mehr als Ausländerin gesehen werden."

Katarínas Vater erzählte ihr ständig, die Grenzen des slowakischen Gebiets seien überhaupt erst mit der Gründung der Tschechoslowakei gezogen worden. Früher sei die Idee der nationalen Identität etwas für Gebildete, Studierte und Literaten gewesen, während die Bauern – die, wie er sagte, tagsüber von der Feldarbeit und nachts vom Dämon Alkohol massakriert wurden, Männer wie Frauen – gar nicht wussten, dass sie eine besaßen. In Österreich-Ungarn wurde Deutsch, Ungarisch, Tschechisch und Slowakisch gesprochen, wodurch sollten sie sich da definieren?

„Ich habe die Sprache meines Vaters verloren, als er gegangen ist, also kann ich auch die meiner Mutter hinter mir lassen", flüsterte Viera, als wollte sie auf Katarínas Gedanken reagieren; dann drehte sie ihr den Rücken zu: „Und jetzt habe ich mir meine eigene ausgesucht."

Katarína betrachtete noch lange die Schultern ihrer Freundin. Als es ihr endlich gelang, die Augen zu schließen, sah sie Dora vor sich: Ihre Schwester zog sich die Wangen auseinander, als wollte sie ihren Mund breiter machen, das sah witzig und zugleich beunruhigend aus. Dann glitt Katarína in den Schlaf.

Später gingen sie in die Stadt, Viera hatte einen Termin mit einigen Touristen.

„Sie kommen aus Apulien", sagte sie, während sie auf der Piazza Maggiore auf die Gruppe zusteuerten. Katarína nickte, verstand aber nicht, was das genau bedeutete. Am Gymnasium hatten sie sich mit den italienischen Regionen und mit den Besonderheiten beschäftigt, die sie voneinander unterschieden, aber Vieras Satz hatte wie eine verschlüsselte Botschaft geklungen. Es waren nur sechs Leute, drei Männer und drei Frauen. Sie kamen ihr sehr jung vor, weil sie viel und laut lachten. Viera stellte Katarína als ihre Kollegin vor, und die Gruppe nahm sie sofort auf, zweimal wurde sie nach historischen Daten gefragt, aber dann antwortete Viera sofort für sie. Sie wusste noch alles, die Vorbereitung für die Ausschreibung war ja noch nicht lange her.

„Jetzt zeige ich euch das schönste Bauwerk in Bologna", sagte sie und drehte sich zu Katarína um, als wäre nur sie ganz allein gemeint. Es tat so gut, im Zentrum ihrer Aufmerksamkeit zu stehen. Katarína hatte schon fast vergessen, dass Viera auch diese Gabe besaß.

„Das Archiginnasio", rief Viera aus, als sie in einem Innenhof standen, umgeben von Bogengängen, die mit Hunderten Wappen bemalt waren, „war seit 1563 der einzige Sitz der Universität, durch den Willen Carlo Borromeos, des Päpstlichen Gesandten von Bologna ..."

Katarína ließ den Blick über den Innenhof schweifen, über das ganze Gebäude, die großen Fenster des oberen Stockwerks. Sie löste sich von der Gruppe, wegen eines leichten Schwindels hockte sie sich auf den Boden, und dort kamen ihr sogar die Pflastersteine schön und glänzend vor. Die jungen Leute aus Apulien machten Fotos, und Viera gesellte sich zu ihr.

„Sind das alles Paare?", fragte Katarína. Viera schaute ihre Freundin prüfend an, dann schüttelte sie den Kopf: „Eher nicht, sie werden wohl hier Silvester feiern, ich denke, sie haben die Führung nur als Vorwand gebucht, um nach Bologna zu kommen und hier einen drauf zu machen."

„Wie alt sind sie denn?"

„Zwei oder drei Jahre jünger als wir vielleicht, schwer zu sagen, die Italiener sind immer alle jung."

„Ich habe in dem Alter geheiratet."

„Du redest wie meine Mutter."

Sie sahen sich an. Viera hatte Eugen erst ein knappes Jahr nach ihrer Heirat kennengelernt. Es war Sommer, Katarína und

Eugen hatten sich überlegt, ein paar Tage zu Hause in Bratislava zu verbringen, und Viera war gerade auch dort. An einem Abend waren sie in die Kneipe gegangen, und Viera, schon leicht angeheitert, hatte Eugen die Geschichte ihres Vaters erzählt. Er hörte interessiert und vielleicht mit einer Prise Verlegenheit zu. Er war attraktiv und wirkte solide. Als sie die beiden so sah, verspürte Katarína einen Anflug von Befriedigung. Es war wie eine Bestätigung für ihre Entscheidungen. Obwohl es seltsam war, ihre Freundin betrunken zu sehen, das war seit Jahren nicht mehr vorgekommen.

Im Innenhof des Archiginnasio hallte Vieras selbstsichere Stimme wider, sie machte Katarína ein Zeichen, dass sie mitkommen solle; Katarína reihte sich in die Gruppe ein, die jetzt auf die Piazza zusteuerte. Einer der jungen Männer, ein schlaksiger Typ mit schwarzen Locken, hatte auf sie gewartet.

„Hast du Hunger?"

„Ich würde sehr gerne Tortellini essen, die echten", antwortete Katarína.

Er blinzelte mehrfach, seine Wimpern waren so schwarz, als hätte man sie mit dem Stift nachgezogen. Er sah sie immer noch an, deshalb fügte sie hinzu: „Also eigentlich bin ich unentschieden zwischen Tortellini und Lasagne."

„Du kannst doch beides probieren", sagte er, als wäre das eine Selbstverständlichkeit. Katarína hielt ein nervöses Lachen zurück, ihr wäre es nie in den Sinn gekommen, beide Gerichte bestellen zu können, nur um sie probieren – das war eher Eugens Art.

„Ich kenne das richtige Lokal dafür", der junge Mann zwinkerte ihr zu und rief nach Viera, die ein paar Meter vor ihnen ging. Die Trattoria war in der Innenstadt, Viera kannte sie schon vom Hörensagen.

Wenig später saßen sie an einem langen Tisch mit rotkarierter Tischdecke. Michele, der Typ mit den Locken, goss Katarína Wein ein. „Es gab mal eine Zeit, da hatte ich vor, hierherzukommen, um am DAMS[3] zu studieren." Katarína wusste nicht, was das DAMS war, schämte sich aber, nachzufragen. Vielleicht hatte Viera auch das gemeint, als sie sagte, sie wolle keine Ausländerin mehr sein? Dass man trotz nahezu perfekter Sprachkenntnisse Dinge nicht verstand? Sich ewig wie ein Eindringling fühlte? Plötzlich schien Katarína ihr Leben in Prag ein Leichtes zu sein, eine Reise mit Hindernissen, aber ohne größere Gefahren.

Am Ende entschied sie sich für die grüne Lasagne, und Michele ließ sie von seinen Tortellini probieren. Katarína war überrascht, dass sie in Brühe serviert wurden, sie hatte sie mit Sahne, Butter oder auch Tomatensoße erwartet – sie selbst hätte sie nie auf diese Art verschwendet, dachte sie bei sich. Aber sie schmeckten hervorragend.

---

3 *Discipline delle Arti, della Musica e dello Spettacolo,* Studiengang für Kunst, Musik und Theater, seit 1971 angegliedert an die Philosophische Fakultät der Universität Bologna, mittlerweile auch an anderen italienischen Universitäten vertreten (A.d.Ü.)

22.

Am Abend vor ihrer Abreise nach Bologna war Jozef zu Katarína ins Zimmer gekommen.

Sie packte gerade ihre T-Shirts in den Rucksack, zusammengerollt wie Zigaretten mit zuviel Tabak. Ihr Vater lächelte sie an, er sah sich um, als gehörte dieses Zimmer nicht zur Wohnung. Er nannte es immer noch „das Mädchenzimmer", obwohl Dora nicht mehr hier schlief. Er blieb stehen, den Rücken leicht gebeugt, die Arme an den Seiten herabhängend.

Als Katarína klein war, nahm er sie immer zu den Umzügen des 1. Mai mit. Er gab ihr eine kleine rote Fahne mit Hammer und Sichel und eine von der Republik mit dem roten und dem weißen Streifen und dem blauen Dreieck. Einmal hatte er ihr erklärt, die Streifen stammten von dem alten tschechischen Wappen, und das Dreieck stehe für das Tatra-Gebirge. Katarína schwenkte kräftig ihre Fähnchen, hüpfte neben den Beinen ihres Vaters auf und ab und skandierte zusammen mit den anderen: „Es lebe der 1. Mai!" Wenn das Gedränge zu groß war, nahm er sie auf den Arm und setzte sie auf seine Schultern, da oben gefiel es ihr sehr, sie schwamm auf diesen rotweißblauen Wogen und sang aus vollem Hals: „*Hej, hor sa, sveta proletári*"[4]. Ihr Vater hielt sie an den Knöcheln fest, manchmal drückte er zu sehr, und dann kickte sie gegen seinen Brustkorb. Vor der Tribüne wurde er langsamer, dort musste man die Männer auf dem Podium mit der Hand oder mit einem Fähnchen grüßen, und dann ging es weiter. Ihr Vater

---

4   „Los, steht auf, Proletarier der Welt", Anfang des slowakischen Textes der „Internationale" (A.d.Ü.)

lächelte nie, wenn er zum Gruß winkte, und Katarína dachte damals, das liege daran, dass er erwachsen war. Am Ende setzte er sie wieder ab, sie kauften Zuckerwatte, und er ließ sie eine Runde Kettenkarussell fahren.

Seit er Katarína nicht mehr bequem auf seinen Schultern tragen konnte, redete Jozef noch weniger mit ihr. Jetzt stand er verlegen in ihrem alten Zimmer herum, betrachtete den Rucksack, der mittlerweile mit Kleidern vollgestopft war.

„Bist du sicher, dass du fahren willst?", fragte er leise.

„Hat sie dich geschickt?", schnaubte Katarína, aber er schüttelte den Kopf.

„Sie schläft."

Die Mutter litt an Schlaflosigkeit, und wenn es ihr gelang, früh einzuschlafen, war es niemandem gestattet, sie zu wecken, aus welchem Grund auch immer. Und im Übrigen hatten die beiden in diesem Moment auch keine Lust dazu.

„Komm", sagte Jozef, und Katarína folgte ihm in die Küche. Ihr Vater hatte auf dem Tisch eine Flasche Champagner und zwei Sektgläser bereitgestellt.

„Ich will mit dir aufs Neue Jahr anstoßen."

Es war elf Uhr abends und der 29. Dezember, Katarína blickte auf ihren Vater und dann auf die gerade geöffnete Flasche.

„Ich weiß", sagte er, „aber ich habe gesehen, wie deine Mutter eingeschlafen ist, du fährst ja schon morgen, und wenn du wiederkommst, ist schon wieder nächstes Jahr, was auch immer das heißt. Ich möchte nur ..."

Katarína setzte sich neben ihn auf die Bank. Sie stießen an, aber leise.

Jozef wiederholte seine Frage: „Bist du sicher, dass du fahren willst?"

Sie nickte.

„Jedes Mal, wenn ich hier mit deiner Mutter alleine zurückbleibe, kommt es mir vor, als würde ich eine Veränderung durchmachen, mich auflösen. Es ist dann so eine Leere um uns herum, deine Mutter füllt sie mit Worten, so erträgt sie es leichter, mit gebrüllten Worten. Sie schreit, weil ihr die Leere Angst macht."

Katarína starrte ihren Vater an. Nie hatte er so mit ihr gesprochen, nie. Als sie klein war, war sie noch zu klein, und als sie erwachsen war ... na ja, da war sie eben erwachsen. Es gab keine Verbindungen zwischen diesen beiden Welten, außer in seltenen Momenten ein paar unsichtbare Zeichen und Gesten, die aus der Kindheit übrig geblieben waren. „Die kurzen Haare stehen dir gut", sagte er und zog ein klein wenig die Mundwinkel hoch, ein schüchternes Lächeln.

„Ich dachte, das sei dir gar nicht aufgefallen."

„Es ist nicht möglich, dass du einem nicht auffällst."

Ihr Vater goss neuen Champagner in die Gläser, und sie stießen noch einmal an. Katarína spürte das Prickeln im Mund, ihr Vater schloss die Augen und wiegte den Kopf leicht nach rechts und links, als sagte er „nein, nein" zu irgendwem, aber freundlich, beinahe scherzhaft. Da holte sie tief Luft und erzählte ihm alles.

Er zwinkerte heftig. Katarína kamen Zweifel, ob ihrem Vater diese ganze Vertraulichkeit vielleicht gar nicht recht gewesen sei, aber jetzt war es ohnehin zu spät. Er wandte sich ihr zu, bleich geworden, so als wäre das Blut aus seinem Gesicht mit einem Schlag in die Füße gerutscht.

„Und Eugen?", fragte er nur.

Katarína antwortete nicht, den Blick starr auf ihr Glas gerichtet.

„Habt ihr darüber gesprochen, danach?"

Sie schüttelte den Kopf. „Ich habe es nicht geschafft, richtig mit ihm zu reden."

„Aber vielleicht hätte er dich ja doch verstanden", sagte Jozef nach einer Weile. Er hatte eine Hand auf die ihre gelegt, die das Glas hielt, alles an ihm war schwer geworden.

„Ich habe die besondere Fähigkeit, alles zu verlieren, was mir wichtig ist", sagte Katarína tonlos.

„Warum sagst du das?"

„Ich war es, die Dora zum Bahnhof begleitet hat."

„Deine Schwester wäre auch gefahren, wenn du sie nicht begleitet hättest."

„Ich hätte sie davon abhalten können."

Ihr Vater beugte den Kopf noch tiefer über sein leeres Glas.

„Ist Eugen denn nicht mit dir in die Klinik gefahren?"

Katarína schenkte noch einmal Champagner nach und schob ihm sein Glas hin.

„Nein, er war in London."

Das sagte sie beinahe flüsternd, sie hasste sich für das, was sie ihm gleich erzählen würde, konnte aber nicht aufhören. Sie spürte eine Entschlossenheit in sich, vielleicht war es Doras Faden, der an ihr zog und von ihr verlangte, noch mehr preiszugeben.

Ihr Vater verschüttete etwas Champagner auf den Tisch, stand auf, holte ein paar Papiertaschentücher und tupfte die Flüssigkeit auf. Dann setzte er sich wieder neben sie.

„Ich habe die beiden eine Woche vor Weihnachten in einem Restaurant gesehen, in das ich immer mit ihm gegangen bin. Ich habe gedacht, die Ersten, die erfahren haben, dass er eine neue Beziehung hat, sind also die Kellner von diesem Lokal. Er hat mich gesehen, und ich bin weggerannt, aber je schneller ich rannte, desto mehr habe ich mich selbst gehasst. Ich bin abgehauen, so wie damals von zu Hause, wenn Dora und Mama morgens gestritten haben."

Ihr Vater legte eine Hand auf ihre Schulter und drückte sie, da brach Katarína in Tränen aus.

„Als ich klein war, dachte ich, ich wäre eine böse Schwester", brachte sie zwischen zwei Schluchzern heraus.

„Du bist nicht böse, *dušička moja*, meine kleine Seele."

Katarína wurde von Schluchzern geschüttelt, ihr liefen die Tränen herunter bis in den Kragen. Ihr Vater reichte ihr ein Taschentuch, und sie putzte sich die Nase. Er drückte sie fest an sich. Kleine elektrische Schläge liefen ihre Arme und Schenkel hinunter, sie kratzte sich im Nacken, und ihr Vater ließ sie gewähren.

„Ich bin weitergerannt bis zur Metro. In meinem Kopf habe ich mir die beiden vorgestellt, wie sie zusammen waren, jedes Detail. Ich habe es nicht bis nach Hause geschafft, sondern nur bis zum Ausgang der Metro, dann habe ich mich auf diese Rampe gesetzt, die faulig gerochen hat. Ich hätte es früher kapieren müssen."

Sie blickte auf ihre Hand, ihre Fingerkuppen waren rot von Blut. Ihr Vater versuchte sie mit dem champagnergetränkten Taschentuch zu säubern.

„Es ist nicht deine Schuld", flüsterte er nur.

23.

Sie begriff sofort, dass sie sich das Falsche angezogen hatte. Am Silvesterabend im Restaurant verschlangen die Männer sie mit den Augen in ihrem eng anliegenden roten Kleid, und auch die Frauen drehten sich nach ihr um: Was für eine tolle Figur, nur diese hässlichen schweren Stiefel – zu schade! Viera und sie saßen mit den jungen Leuten aus Apulien an einem runden Tisch, mitten zwischen den anderen, allesamt aufgetakelten Menschen. Michele hatte am Abend zuvor seinen Onkel angerufen, der im Restaurant Garganelli arbeitete, und zwei weitere Plätze reserviert. Ganz einfach. Katarína wäre am liebsten aufgestanden und wieder gegangen, aber Viera drückte unter dem Tisch ihren Oberschenkel und flüsterte ihr zu, sie sei wunderschön, und die anderen Frauen seien alle nur neidisch. Viera trug Jeans und einen weiten gestreiften Pullover, sie hatten sich in dem winzigen Bad ihrer Wohnung gegenseitig geschminkt. Katarína hatte gedacht, dass sie sich genau das auch für ihre Hochzeit gewünscht hätte. Als hätte ihre Freundin das mitbekommen, hielt sie inne, wobei ihre Hand leicht zitterte, und sagte: „Es tut mir leid, dass ich nicht dabei war, *moja.*" Ganz leise sagte sie das, und Katarínas Augen füllten sich mit Tränen. Auch weil sie „*moja*", „meine", auf Slowakisch gesagt hatte, wie früher. Da kreischte Viera: „He, lass das, du machst mir ja mein ganzes Werk kaputt!" Sie mussten beide lachen. Katarína lachte und weinte gleichzeitig, und Viera nahm sie in den Arm. Dann wischte sie ihr das Gesicht sauber und fing noch einmal von vorne an.

„Aber hast du sie dir mal angeschaut, die anderen?"

Die Frauen im Restaurant wirkten auf Katarína allesamt elegant und tadellos gekleidet. Verstohlen betrachtete sie auch die drei an ihrem Tisch genauer. Eine hatte einen Bauch, der beim Sitzen vorne einen weichen Buckel bildete, die andere war klein, mit kurzen, dicken Armen und Beinen. Aber beide reckten das Kinn, drehten sachte den Kopf, während ihre Haare dieser langsamen und majestätischen Bewegung als kleine Welle folgten, sie wirkten sehr selbstsicher, als wären sie wichtige Leute. Die dritte, Noemi, trug ein geblümtes kurzes Kleid, das etwas zu dünn war für die Jahreszeit.

Die Kellner begannen das Essen zu servieren. Katarína las die Speisekarte, ein in der Mitte gefaltetes Stück Papier, das auf jedem Teller lag. Es gab verschiedene Gänge. Michele, der neben ihr saß, rümpfte über einige davon die Nase und sagte dann zu ihr, wenn sie statt in Bologna in Apulien gelandet wäre, dann hätte er ihr zeigen können, was unter einem *echten* Silvestermenü zu verstehen war, auch wenn sein Onkel sich sichtlich Mühe gab. Er war der jüngere Bruder seines Vaters, dünn und dunkelhaarig wie sein Neffe; er hatte sie im Saal empfangen und ihnen wie allen anderen Gästen ihre Plätze gezeigt, nur am Ende hatte er ihnen zugezwinkert. Genau wie Michele, dachte Katarína.

Auf der anderen Seite des Raumes spielte eine Band. Niemand schien die Musiker zu beachten, es hätte auch ein Radio da stehen können oder ein einfacher Lautsprecher – der Effekt wäre wahrscheinlich derselbe gewesen. Aber was Katarína wirklich überraschte, war, dass die Gruppe nur gecoverte Hits spielte und keine eigenen Lieder. So schien es ihr, während sie versuchte, einen Gang nach dem anderen herunterzubekommen, als würden Sting, The Cure, Prince und einige italienische Sänger, deren Namen sie nicht kannte, an ihr vorbeiziehen.

„Ich hab auch schon an Silvesterabenden gespielt, da verdient man gut ..., aber mit dem Repertoire muss man eben klarkommen."

Michele hatte wohl Ahnung, er sagte, er sei Bassist.

„In Italien spielen alle ein Instrument oder singen", fügte er hinzu. Das kam ihr wie eine Übertreibung vor, aber im Laufe des Abends wurde sie eines Besseren belehrt. Als das Essen endlich beendet war und auch der Mitternachts-Countdown vorüber, baten ein paar Restaurantgäste die Musiker um ein Lied zum Mitsingen. Wie Karaoke, nur mit Live-Begleitung. Der Bandleader erklärte sich einverstanden und lächelte, seine Augen waren müde und desillusioniert.

Viera hatte nach ihren ermutigenden Worten zu Beginn des Abends keinen Blick mehr für Katarína. Sie redete die ganze Zeit, dicht an Noemis Ohr. Ab und an brachen sie in Gelächter aus. Also versuchte Katarína der Unterhaltung am Tisch zu folgen, aber das war nicht leicht, es schien ihr, als redeten alle gleichzeitig, und je lauter jemand wurde, desto mehr hörte man ihm zu. Vor allem Michele ergriff mehrfach das Wort, indem er die anderen übertönte. Katarína beobachtete Viera, aber ihre Freundin saß entspannt auf ihrem Stuhl, betrachtete die Blümchen auf Noemis Kleid und schien sich wohlzufühlen.

Später kam ein DJ, die Tanzfläche füllte sich mit Leuten, die im Rhythmus montoner Bässe tanzten. Die tiefen Töne drangen in die Brust ein und zwangen das Herz in einen unnatürlichen Schlag. Viera wollte tanzen und zerrte Noemi an der Hand vom Stuhl hoch. Auch Katarína stand auf und zog den Bauch ein, der sich im Lauf des Abends etwas vorgewölbt hatte. Die Stiefel drückten, und sie hätte sie gerne ausgezogen. Viera warf ihr von der Tanzfläche Blicke zu, während sie Noemi an sich zog. Katarína ließ sich mehrmals Wein nachschenken, Michele freute sich darüber und sah sie an, als erwartete er, sie würde ihm demnächst ohnmächtig in die Arme sinken. Er war der Einzige, der sie beachtete; die beiden anderen Typen aus der Gruppe, die sie zuvor angestarrt hatten, als sie im Restaurant aufgetaucht war, interessierten sich anscheinend nicht mehr allzu sehr für sie. Nach dem x-ten Song bückte sie sich unter ihren Stuhl, holte ein Päckchen aus ihrer Tasche und lief auf die Tanzfläche zu Viera.

„Ich hab noch was für dich", sagte sie auf Slowakisch.

„A-ha", sagte ihre Freundin, hörte aber nicht auf zu tanzen. Katarína sah sie immer noch an, also sagte Viera zu Noemi, sie solle auf sie warten, worauf sich diese gehorsam setzte. Katarína wusste nicht, wie sie es anstellte, aber Viera bekam von den Leuten immer, was sie wollte. Vielleicht war auch sie selbst nur mitgekommen, weil Viera es von ihr verlangt hatte? Es war so schwierig, herauszufinden, wo Vieras Wille endete und ihr eigener begann.

Sie schlossen sich in der Behindertentoilette ein, weil dort mehr Platz war. Beim Tanzen hatte Viera den Pullover ausgezogen und war nun in Top und Jeans; sie trug keinen BH. Gerade betrachtete sie sich im Spiegel. Katarína gab ihr das Päckchen, und sie wickelte es aus. Es war ein Gedichtband, aus dem sie einander früher vorgelesen hatten. Es war am Gymnasium gewesen: Einige Male, wenn Katarína bei Viera übernachtete, hatten sich die beiden auf Vieras Initiative ausgezogen und sich nackt unter der Bettdecke umarmt. Dann hatten sie im schwachen Licht der Nachttischlampe in diesem Buch von Maša Hal'amová gelesen. Viera liebte besonders das Gedicht über die unsichtbaren und fernen Hände, die jede Nacht im Traum das geliebte Gesicht streicheln.

Ohne das Geschenk zu kommentieren, knöpfte Viera ihre Jeans auf, pinkelte halb im Stehen mit über der Toilettenschüssel gespreizten Beinen, als hätte sich Katarína ganz plötzlich in Luft aufgelöst, und ging hinaus, das Buch hinten in ihren Gürtel gesteckt.

Katarína spuckte ins Klo, sie bekam Lust, sich den Finger in den Hals zu stecken, um das ganze wunderbare Essen, das sie stundenlang in sich hineingewürgt hatte, wieder herauszukotzen. Sie stand nicht mehr im Zentrum von Vieras Aufmerksamkeit – deren Spielzeug des Abends war die noch unverbrauchte Noemi.

Genau genommen stand sie im Zentrum von niemandes Aufmerksamkeit. Sie streifte den Ehering vom Finger und steckte ihn in ihren Geldbeutel, wo er zusammen mit dem „unvollkommenen" Blatt den Rest des Abends verbringen würde. Auch die Stiefel zog sie aus, das Befreiungsgefühl war in beiden Fällen enorm. Sie reckte das Kinn und schaute in den Spiegel. In ihrem Blick glaubte sie die Entscheidung zu erkennen, die sie soeben getroffen hatte, und ihre Wangen färbten sich einen Augenblick lang rot. „Scheiß drauf!", sagte sie zu niemandem und zu allen, sich selbst und Viera eingeschlossen, und verließ die Toilette.

Zurück an ihrem Tisch, immer noch die Stiefel in der Hand, stieß sie auf Viera, die lebhaft diskutierte. Der Raum war nun abgedunkelt: War die Tanzfläche zuvor taghell erleuchtet gewesen, drangen jetzt nur noch einige Lichtbündel durch das Lokal, die den größten Teil des Raumes vergessen ließen. Katarína ließ sich auf ihren Stuhl sinken, ihre Beine schmerzten. Sie kannte diesen Schmerz, er hatte nichts mit Müdigkeit zu tun, es waren die Nerven. Das hatte sie von ihrer Mutter geerbt: die Venen, die in den Oberschenkeln anschwollen, ganz tief drinnen im Fleisch, um den Stress in sich aufzunehmen.

„Rauchst du?" Michele schwenkte etwas vor ihrem Gesicht, und Katarína nahm einen bekannten Geruch wahr. Er lächelte ihr zu; er wirkte so unbekümmert und entspannt. Die dunklen Locken fielen ihm über die Augen, deshalb legte er immer den Kopf schief, um hindurchschauen zu können. Sie bückte sich, um ihre Schuhe wieder anzuziehen, während er neben ihrem Stuhl wartete; bevor sie sich wieder erhob, atmete sie tief durch und ergriff die Hand, die er ihr hinstreckte.

Die Temperatur im Freien war mit Sicherheit höher als in Bratislava, aber Katarína zitterte, die Luft hüllte sie wie ein feuchter Bademantel ein. Das Restaurant lag in einem Park, sie nahmen einen Weg, der mitten hindurchführte.

„Hier", Katarína zeigte auf einen dicken Baum, der von in der Wiese versenkten Scheinwerfern angestrahlt wurde, sie gingen auf ihn zu und lehnten sich an den Stamm, an einer Stelle, wo kein Licht hinkam. Michele zündete den Joint an und nahm einen Zug, dann reichte er ihn ihr. Der Geschmack war anders als bei denen, die Katarína in den Pubs von Bratislava geraucht hatte, intensiver. Aber vielleicht kam das auch nur daher, dass sie vom grenzenlosen Grün des Parks umgeben waren, man hatte gar nicht den Eindruck, in der Stadt zu sein (um hierher zu kommen, hatten Viera und sie ein Taxi nehmen müssen). Sie spürte, wie ihre Beinmuskeln sich entspannten, die schmerzhaften Stiche, die sie zuvor wahrgenommen hatte, ließen nach; das bedrohliche Kältegefühl war verschwunden.

„Italien, ich liebe dich!", rief sie plötzlich aus, und Michele lächelte.

„So ist's recht."

Als sie wieder drinnen waren, streifte Katarína unter dem Tisch erneut ihre Stiefel ab und zog Michele auf die Tanzfläche. Sie tanzte so, wie sie es früher immer getan hatte, wenn sie mit Viera ausgegangen war: einander gegenüberstehend im Licht der Stroboskop-Leuchten, die sie immer wieder verschwinden und an anderer Stelle in anderer Position wieder auftauchen ließen. Der Rhythmus verführte sie, vielleicht hätte sie als Kind gerne tanzen gelernt. Das Klavier war Doras Wunsch gewesen, sie war ihren Eltern so lange damit in den Ohren gelegen, bis ihr Vater ihr eines kaufte, sobald sich die Gelegenheit bot. Nach ein paar Monaten war die große Liebe zu dem Instrument wieder verpufft, aber inzwischen war es genauso Teil ihres Zuhauses wie das Repertoire an Vorwürfen ihrer Mutter. Auch deshalb ging die Verpflichtung, darauf spielen zu lernen, auf Katarína über. Aber wenn es nach ihr selbst gegangen wäre, hätte sie nichts anderes getan als zu tanzen.

„Woran denkst du?", schrie Michele ihr ins Ohr. Katarína sah sich um, auf der Tanzfläche waren nur noch wenige Leute, an den Tischen im Dunkeln nur schwarze Silhouetten, die ganz sicher nur sie anstarrten. Ein Strahl violettes Licht fiel auf Micheles von Locken umrahmtes Gesicht, seine Augen glänzten, es sah aus wie auf einem retuschierten Foto.

„Michele", sagte Katarína, streckte den Arm aus und zog ihn an sich. Als sie ihn küsste, war es, als hätte sie in ihm einen Damm zum Einsturz gebracht, die Stoßwelle trug sie davon, weit, weit weg, und sie gab sich ihr hin. Niemand kam, um sie aufzurichten, keine warme Hand auf ihrem Rücken nach ihrem Sturz. Vielleicht, weil es sich gar nicht um einen Sturz handelte.

24.

Die Dunkelheit war so undurchdringlich, dass sie nicht feststellen konnte, ob sie die Augen offen oder geschlossen hatte. Sie wusste, wo sie sich befand, erinnerte sich aber weder an die Aufteilung des Zimmers, noch daran, wo sie ihre Kleider gelassen hatte. Sie war mit dem gelockten Typ von der Feier weggegangen. „Gehen wir zu mir?", hatte er sie gefragt. In der Wohnung, die die Gruppe gemietet hatte, hatte Michele zwei Betten in einem der Zimmer an die Wand geschoben und den Lampenschirm mit einem T-Shirt verhängt.

„Pass auf, in der Mitte ist ein Graben." Michele hatte auf das improvisierte Doppelbett gezeigt, und sie hatte gelächelt. Es schien ihr, als wären ihre Arme zu lang geraten, wie Flügel, und sie hatte versucht, sie zu bewegen.

„Alles gut?"

„Ich bin das nicht gewöhnt", sie hatte ihm ihre Handflächen hingehalten und sich zusammengerissen, um nicht zu lachen. Sie war in einen Nebel gehüllt, in dem alles wie hinter einem Vorhang verspätet ankam, hatte aber dennoch versucht, präsent zu bleiben und sich den Verlauf der Nacht einzuprägen.

Jetzt klingelte es, dann Stille, dann klingelte es wieder. Michele neben ihr fuhr hoch, sie hörte, wie er im Dunkeln gegen etwas stieß und fluchte, dann drang ein Lichtstrahl durch den Türspalt. Katarína lag im Bett unter einer Daunendecke. Sie sah, wie er durch die kleine Küche ging und sich dabei das T-Shirt herunterzog. Als er die Wohnungstür öffnete, überfielen ihn seine Freunde mit witzigen Kommentaren, Noemi war nicht dabei.

Dann kam er zurück ins Zimmer, und Katarína war wieder

von Dunkelheit umgeben. Er schlüpfte ins Bett und hob dabei kurz die Decke an, der eiskalte Luftzug ließ sie erschauern. Er drückte sich an sie, streichelte leicht ihr Gesäß beim Knick zu den Oberschenkeln, dort im Zwischenraum ließ er seine Hand liegen; aus der Küche drang das gedämpfte Gelächter der anderen. Die Liebkosung ließ in Katarína die Bilder der Nacht wiedererstehen. Er hatte ihr geholfen, das rote Kleid abzustreifen, und sich selbst das Hemd ausgezogen; seine Brust war behaart, und für einen Augenblick hatte Katarína Eugens völlig haarlosen Oberkörper vor sich gesehen. Sie hatte Michele den Mund zugehalten, ihr nackter Ringfinger lag auf seinen Lippen. Es war seltsam gewesen, die Beine zu spreizen und ein Gewicht auf sich zu spüren, das anders war als gewohnt. Auch diesen Gedanken hatte sie fortgeschoben. Michele hatte die Augen geschlossen, er war konzentriert, es schien, als koste es ihn Mühe, sich zu kontrollieren; als er sie wieder öffnete, seufzte er: „Du bist einfach wahnsinnig schön, *Caterina*!" Da streckte sie unvermittelt den Arm aus und zog das T-Shirt vom Lampenschirm herunter, sodass das Licht voll auf sie beide schien, und Michele gab einen kurzen schrillen Ton von sich, als würde ihn verletzen, was er sah. Katarína lächelte und schaute an sich herunter, sie war wunderschön. Zu schade, ein solcher Körper nur für einen einzigen Mann; sie dachte an Eugen, an seinen Schatten, der irgendwo im Zimmer stand – oder in ihrem Inneren – und zuschaute, wie sie mit einem Unbekannten Sex hatte. Sie hatte den Typ mit den Locken auf den Hals geküsst, so wie ihr Mann es gerne mochte, und hatte sie beide stöhnen gehört.

Michele hustete, und Katarína hielt den Atem an. Eugen blieb manchmal der Atem weg, vor allem in den kälteren Nächten, und dann hielt auch sie die Luft in der Lunge zurück, bis sie ihn wieder atmen hörte, die Pausen waren lang, aber dann war alles wieder normal. Micheles Hand auf ihrem Schenkel wurde ihr jetzt ein bisschen zu schwer, wie ein warmer, frisch gebackener Brotlaib; es wäre einfach gewesen, sie wegzuschieben, aber dazu hatte Katarína keine Lust. Wenn sie mit Eugen geschlafen hatte, zog sie sich immer auf ihre Seite des Bettes zurück, und er tat dasselbe; in der letzten Zeit hatte jeder von ihnen seinen eigenen Platz gebraucht. Michele schien im Schlaf nach ihr zu suchen, das war seltsam, wie der Widerschein eines vergangenen Lebens, aber schön.

Im vorigen Winter war Eugen immer erschöpfter gewesen, wenn er aus London zurückkam. Zu viel Arbeit, wiederholte er immer. Wenn er da war, widmete er sich ganz ihr; es war seine Art, die verschiedenen Lebensbereiche sauber zu trennen. An Weihnachten waren sie zu Hause geblieben, Katarína hatte Karpfen gemacht, sie hatte ihn schon portioniert gekauft und servierte ihn direkt auf dem Backblech, er war sehr trocken geworden. Später hatte Eugen Sushi kommen lassen.

Am nächsten Tag waren sie zu den Schwiegereltern gefahren, ein schneller Nachmittagskaffee, Lenka und ihr gerade aktueller Verlobter hockten schon seit dem Morgen dort. Ein halbes Stündchen nett lächeln, hatte Eugen ihr versprochen, mehr nicht. Das neue Jahr hatten sie auf dem Altstädter Ring begrüßt, unter der Astronomischen Uhr, mit Hunderten von Leuten. Katarína hatte auf Italienisch, Englisch, Französisch, Deutsch zählen hören, aber vor allem auf Italienisch. Es war kalt, sie hatten *pálenka*, *vánoční punč*, *medovina* getrunken, aber der Alkohol stieg ihr nicht in den Kopf, sondern blieb weiter unten hängen, um den Körper warmzuhalten. Sie hatten Lukáš unter dem Altstädter Brückenturm getroffen, er schloss sie beide zusammen in die Arme, sein Kopf zwischen ihren Köpfen, er lachte; sie hatten das Feuerwerk über der Moldau angeschaut, die bunten Reflexe auf dem schwarzen Wasser.

Michele bewegte sich, und seine Hand rutschte an Katarínas Hüfte herunter. In der Nacht hatte er viel geredet, sie gefragt, was und wie sie es mochte. Irgendwann hatte er geflüstert „Lass dich gehen", und sie hatte den Mund geöffnet, um ihre Stimme zu befreien. Dieser Ton hatte die ganze Welt eingefangen, ihr Entstehen, ihr Vergehen.

Sie erwachte vom Licht, das durch den halb offenen Rollladen drang, und vom Stimmengewirr in der Küche. Sie setzte sich im Bett auf und sah sich um, Michele war nicht da. Das rote Kleid lag auf dem Sessel, sie nahm es in die Hand, es stank nach Rauch. Auf dem Boden fand sie auch ihren Slip, den BH und ihre Handtasche. Rasch zog sie sich an und ging aus dem Zimmer.

In der Küche war es etwas wärmer, um den Tisch saßen Michele, das kleingewachsene Mädchen, das sie Titti nannten, und der andere Freund, dessen Namen Katarína nicht mehr wusste. Als sie eintrat, verstummten sie, dann fragte Michele, ob sie einen Espresso wolle, und Titti reichte ihr ein Stück Panettone. „Probier mal, der ist vom Bäcker, hausgemacht." Der Tisch war voller Krümel, in der Mitte standen eine geöffnete Flasche Sekt und eine riesige Espressokanne.

Katarína hatte noch nie Panettone gegessen, am Gymnasium hatten sie darüber gesprochen, es gab sogar ein Foto in ihrem Lehrbuch, und dann hatte sie einmal ein abgepacktes Exemplar der Firma Bauli im Tesco-Supermarkt gesehen. Sie hatte sich vorgestellt, es wäre eine Art italienischer *bábovka*. Das Stück, das Titti ihr gereicht hatte, war länglich und der Teig faserig. Katarína schloss die Augen, seltsam, es war lange her, dass sie den Geschmack von etwas, das sie aß, bewusst wahrgenommen hatte.

Titti beklagte sich über die Telefonverbindungen, alles überlastet um Mitternacht, erst um eins habe sie mit ihren Eltern sprechen können. „Hast du es denn geschafft, anzurufen?", fragte sie Katarína.

„Nein."

Katarína dachte an ihre Eltern. Wahrscheinlich hatten sie den Abend wie jedes Jahr vor dem Fernseher verbracht und irgendwelche Shows extra für den Silvesterabend angeschaut: Lieder und Sketche, die komisch sein sollen, aber einen nicht zum Lachen bringen. Früher war das anders, in der Zeit des Regimes genügte eine ganz kleine, unschuldige Anspielung, und das Publikum lachte sich tot. Nach dem Fall des Regimes wurde das alte *Televa-*

rieté durch andere Shows ersetzt. Ihre Mutter vermisste vor allem *Bohdalka*, die tschechische Schauspielerin, über die sie Tränen gelacht hatte. Jozef hätte immer lieber das Programm gewechselt und einen Dokumentarfilm angeschaut, aber sie regte sich auf: „Kann man nicht mal an Silvester ein bisschen leben?" Auch diesmal hatten sie vielleicht wieder gestritten. Katarína trank ihren Espresso, der bittere Geschmack vermischte sich im Mund mit der leichten Süße des Panettone.

„Aber mit deiner Schwester hast du doch gesprochen", wandte Michele ein. Katarína drehte sich zu ihm und blickte ihn erstaunt an. Dann erinnerte sie sich, es stimmte, sie hatte Dora angerufen, während sie den Joint geraucht hatten. Die Stimme ihrer Schwester war nur bruchstückhaft zu hören gewesen, mit einem lästigen Echo.

„Du musst mich mal besuchen kommen", hatte Dora gesagt. Es war das erste Mal, dass sie sie einlud. Dann brach das Gespräch ab. Verwirrt hatte Katarína das Handy ausgeschaltet.

„Und was ist mit Gloria und Ale?", fragte Michele Titti, die auf die Tür am anderen Ende des Flures zeigte. Sie lachten und erklärten Katarína, dass ihre beiden Freunde Gloria und Alessandro jedes Mal, wenn die Gruppe eine längere Tour mit Übernachtung machte, zusammen im Bett landeten, danach aber alles abstritten.

Katarína verschluckte sich an einem Stückchen Panettone, und Titti zog eine Grimasse.

Dann blieb es einen Augenblick still.

„Das kann passieren", sagte achselzuckend der Typ, an dessen Namen sie sich nicht erinnerte. „Mir noch nie", murmelte sie kurz darauf, und alle lachten, auch Katarína. Michele berührte sie am Arm, er schaute sie durch seine Locken an, so wie in der Nacht, als er ihr gesagt hatte, wie schön sie sei. Sie wandte den Blick ab und hob ihre Tasche vom Boden auf, zog ihr Handy heraus und schaltete es ein. Sie fühlte, dass ihre Wangen rot waren, und rieb sie sich mit einer Hand, während sie verstohlen auf den Bildschirm blickte, der sich langsam öffnete. Es waren siebzehn Anrufe hereingekommen, drei von Viera, alle anderen von Eugen – sein letzter Versuch, sie zu erreichen, war vor vierzig Minuten gewesen.

„Alles okay?", fragte Michele.

„Ich muss gehen", sie stand auf und wühlte zwischen den Jacken, die an der Garderobe hingen, um ihre eigene zu finden. Sie hätte gerne etwas Sinniges zu Michele gesagt, aber in ihrem Kopf prallten die Gedanken aufeinander wie wildgewordene Tiere.

„Viera hat meine Nummer", sagte stattdessen Michele und lächelte ihr aufmunternd zu, als hätte er das Chaos gespürt, das gerade in ihrem Inneren losbrach. Katarína nickte und verließ die Wohnung, ging die Treppe hinunter bis auf die Straße. Draußen atmete sie tief ein. Es war der erste Tag im neuen Jahr, und er leuchtete.

25.

Katarína kam zu spät zur Trauerfeier. Eugen saß in der zweiten Reihe, ganz in Schwarz, neben ihm ein freier Platz. Als sie sich setzte, sagten beide nichts, sie lehnte nur für einen Augenblick ihren Kopf an seine Schulter, und er nickte. Beim Eintreten hatte sie sich in der Glasfläche der Tür gespiegelt gesehen, ihr Gesicht über dem Mantel sah durchsichtig aus.

Ein Mann in Trauerkleidung sprach von der Bühne, hinter ihm teilte ein schwarzer Vorhang den Saal von einer Seite zur anderen. Katarína hörte ihm nicht zu; seit Eugen sie angerufen hatte, konnte sie sich nur mit Mühe im Gleichgewicht halten. Der Mann trat zur Seite, drückte irgendwo darauf, und der Vorhang öffnete sich. Dort stand der Sarg. Eugen begann zu weinen.

Lukáš war bei vollem Bewusstsein gewesen, bevor er starb. So als hätte der Aufprall ihm geholfen, seinen Rausch sofort verfliegen zu lassen. Er hatte zu den Sanitätern gesagt, er wolle mit seinem Vater sprechen, sie sollten ihm sein Handy bringen, aber sie fanden es nicht in seinem Auto, das vom Zusammenprall mit der Tram zerstört war. Einer der Männer hatte ihm seines geliehen, es war fast vier Uhr morgens, und sein Vater nahm nicht ab, er hinterließ ihm eine Nachricht. Kurz darauf verlor Lukáš das Bewusstsein und hörte noch auf dem Weg ins Krankenhaus auf zu atmen. Die Sanitäter versuchten ihn wiederzubeleben, aber sein Herz wollte nichts davon wissen. Danach stellten sie fest, es sei ein Wunder gewesen, dass er in seinem Zustand überhaupt noch habe sprechen können.

Eugen war von Lukáš' Mutter angerufen worden. Am Ende des Gesprächs konnte sie sich nicht verkneifen zu sagen: „Warum warst du nicht bei meinem Sohn?" Dann hatte eine Stimme aus dem Hintergrund ihr etwas zugerufen, und sie hatte aufgelegt.

Er wischte sich die Wangen mit dem Handrücken trocken und flüsterte etwas. Der Sarg wurde nun abgesenkt, bis man ihn nicht mehr mit dem Blick verfolgen konnte. Die Anwesenden erhoben sich langsam, eine Choreografie, die sie alle einbezog. Der Trauerredner trat auf Lukáš' Eltern zu und gab ihnen die Hand. Die Mutter stieß einen Schrei aus, und der Vater legte einen Arm um sie, es sah aus, als wollte er sie weniger trösten als vielmehr zum Schweigen bringen.

Katarína streichelte den Oberarm ihres Mannes, gemeinsam stellten sie sich in die Schlange vor Lukáš' Eltern. Eugen weinte immer noch, und Katarína kam der Gedanke, dass sie ihm ein so wahrhaftiges Weinen gar nicht zugetraut hätte, aber vielleicht war sie ja nur selbst unfähig dazu. Sie fühlte ein Gewicht, das auf ihre Brust drückte. Sie lebte ihren Schmerz nicht aus, sondern vergrub ihn in sich, anders konnte sie nicht damit umgehen.

Lenka, Eugens Schwester, reihte sich neben ihnen ein. Sie trug ein schwarzes Kleid und darüber eine dicke Pelzjacke; sie klopfte ihrem Bruder mehrmals auf den Arm: „Komm schon." Fast schien sie genervt zu sein. Auch Eugens Eltern blieben neben ihnen stehen. „Wir warten draußen auf euch", sagte Robert. Eugens Mutter berührte Katarínas Wange und folgte dann ihrem Mann. Lenka wandte den Blick ab, und es schien Katarína, als hätten die beiden Frauen, jede auf ihre Art, Mitleid mit ihr. Sie kamen ein paar Schritte voran, und Katarína blickte zum Ausgang. Eine Gruppe Leute hielt sich neben der Tür auf, sie erkannte Radek, den Kollegen, der immer Witze über die Slowaken erzählte, und neben ihm die junge Frau, die sie vor Weihnachten mit Eugen im Restaurant gesehen hatte. Katarína spürte, wie ihr das Herz gegen die Rippen schlug, sie wünschte sich, die Frau möge nur eine Halluzination sein, eine Erfindung ihres Geistes. Auf einmal gaben ihre Beine nach; um nicht zu stürzen, klammerte sie sich an ihren Mann. Sie drückte ihn fest an sich, als könnte sie damit ihre Liebe festhalten. Dann kamen sie an die Reihe. Lukáš' Vater hatte die gleiche Körperhaltung wie sein Sohn, nur eine Schulter hing etwas herab. Er gab Eugen einen schwachen Klaps auf den Rücken, und die Mutter drückte seine Hand mit beiden Händen: ein fester Griff, hart und lang wie ein endloser Krampf.

Dann zog Katarína Eugen zum Ausgang, ihr war ein wenig schwindelig, auch wegen der Müdigkeit, sie war noch vor Sonnenaufgang in Bratislava losgefahren. Der Saal leerte sich allmählich, die weit offene Tür am Ende verschluckte alle. Kaum waren sie draußen, stand da auch schon wieder die Frau. Auch Eugen sah sie, tat aber, als ob nichts wäre.

„Was macht die denn hier?" Katarína schaute auf ihre Handfläche, als würde sie dort die Worte ablesen, die sie dann aussprach: „Kannte sie Lukáš?"

„Es ist jetzt nicht der richtige Moment, Kati, wir sind auf einer Trauerfeier", sagte er. Sie wollte ihm antworten, dass er sich das vorher hätte überlegen sollen, da kam die Frau auch schon auf sie zu. Sie trug eine riesige Sonnenbrille, als wollte sie vom Weinen verschwollene Augen verbergen. Sie gab sich völlig natürlich, beinahe familiär. Katarína zitterte jetzt heftig, sie ließ Eugens Oberarm los und blieb stehen. Die andere stellte sich als Angie vor, Eugens Kollegin. Sie hatte das Büro neben seinem in London. Ihre Haltung war genauso, wie Katarína sie bei den italienischen Frauen bewundert hatte, eine tief verankerte Sicherheit, die ihr selbst, das begriff sie jetzt nur zu gut, vollkommen fehlte.

„*I'm so sorry for Lukáš*", sagte sie und streckte Katarína die Hand hin, ihr Nagellack war dunkelbordeaux, fast schwarz, einfach perfekt. Katarína starrte einen Augenblick lang darauf, dann verschränkte sie die Arme. Sie war Engländerin, das hatte Katarína aus dem Konzept gebracht: Wegen Eugens Leben in London hatte sie sich nie Sorgen gemacht; sie hatte sich ihn immer zwischen Bergen von Arbeit vorgestellt, einsam und sehnsüchtig in seinem Londoner Apartment. Jetzt schalt sie sich eine dumme Gans. Eugen bedankte sich, er redete schnell und halblaut und versuchte Katarínas Hand zu nehmen, aber sie hielt die Arme über dem Bauch verschränkt und rührte sich nicht. Er war blass, seine Augen gerötet, er weinte nicht mehr, sondern rieb sich das Kinn mit leicht zittriger Hand. Er trug seinen Ehering nicht mehr, wie sie auch. Wann er ihn wohl abgelegt hatte? War das wichtig?

„Eugen", sagte die Frau und sprach den Namen englisch aus; er drehte sich um, als sei er daran gewöhnt, so angeredet zu werden.

Katarína lief los in Richtung Parkplatz, beschleunigte ihren Schritt, bis sie beinahe rannte. Sie kam an Radek vorbei, der sie grüßte, aber sie ignorierte ihn; aus dem Augenwinkel sah sie Eugens Eltern mit Lenka, die ihr bedeutete, sie solle zu ihnen kommen. Sie fragte sich, ob sie wohl die Einzige gewesen war, die es nicht gewusst, die Letzte, die es begriffen hatte. Die Wut sammelte sich in ihrer Kehle, am liebsten hätte sie geschrien. Irgendjemand rief ihren Namen, es klang wie Danielas Stimme, sie drehte sich um und sah ihre Freundin an der Tür stehen. Einen Augenblick lang zögerte sie, dann lief sie weiter, während Eugen, dessen war sie sich jetzt ganz sicher, hinter ihr herkam, und trotz ihres Zorns wusste sie, dass es so besser war, denn hätte er sie einfach alleine weggehen lassen, hätte sie das nicht ausgehalten. Sie öffnete die Autotür und setzte sich ans Steuer, Eugen stieg neben ihr ein. Sie schwiegen, während sich ihre Atemzüge allmählich beruhigten.

„Es tut mir leid", sagte er.

„Was genau tut dir leid?"

Ohne seine Antwort abzuwarten, startete Katarína den Motor, und sie fuhren los. Sie nahm die Vinohradská, die sie vor Monaten entlanggefahren war, als alles noch normal schien, als Eugen und sie noch miteinander redeten und Lukáš seine Tomaten goss. Sie fuhr auf die Umgehungsstraße, der Himmel draußen war grau, eine eiserne Platte über ihren Köpfen. Sie vermisste die Sonne Bolognas, die Lebendigkeit, die überall in der Luft zu spüren war, vielleicht konnte man Trauer leichter ertragen, wenn man in dieses freundliche Licht gehüllt war.

Viera hatte sie zum Bahnhof gebracht, Noemi war unter der schönen warmen Decke liegen geblieben. Viera massierte sich den Kopf, während Katarína am Schalter bezahlte und die Fahrkarte nach Wien entgegennahm; dann gingen sie zum Gleis, lehnten sich an eine Säule aus Beton, und Katarína ließ sich von ihrer Freundin umarmen, sie hätte gerne die Augen geschlossen und an gar nichts gedacht. Wieder schmerzten ihre Beine, das Stechen in den Oberschenkeln war stark, sie hatte Angst, sich nicht mehr fortbewegen zu können. Sie küsste Viera auf den Mund, so wie sie es mit Dora getan hatte, als sie Kinder waren. Da nahm Viera ihren Kopf in die Hände und sah sie an, ihre Augen sprachen, sie erinnerten Katarína an all die Jahre, in denen sie sich gegenseitig beschützt hatten. Dann küsste Viera sie, ein sanfter Kuss, ohne Drängen oder Versprechen, eine tiefe Berührung. Katarína hatte einen Moment lang aufgehört, an Eugen und an den Anruf zu denken, sie folgte nur dem Kuss und seinem Verlauf, bis zum Ende.

„Du weißt es, stimmt's?", sagte Viera dann. Katarína wandte den Blick nicht ab, wie sie es sonst tat. Ja, sie wusste es. So viele Dinge wusste sie jetzt.

„Also ist das hier dein Platz", hatte sie dann festgestellt, vielleicht mehr an sich selbst als an Viera gerichtet, „Bologna?"

Viera zuckte die Schultern: „Aber das ist nicht wichtig." Dann drückte sie Katarína nochmals an sich, Katarína fühlte, wie sie zwischen ihren Haaren einatmete, wie ein lange unterdrückter Wunsch. Menschen gingen an ihnen vorbei, niemand schien auf sie zu achten.

„Kannst du mal anhalten?", fragte Eugen plötzlich. „Kannst du mal anhalten?", wiederholte er und blickte aus dem Fenster. Katarína fuhr noch zehn Minuten weiter, sie kamen nach Letná, in den Stadtteil auf dem Hügel oberhalb des Zentrums, mit dem Park, wo sie im Frühling immer spazieren gegangen waren. Der Parkplatz war verlassen, auf dem Boden zerquetschte Bierdosen, Glasscherben und ausgetretene Kippen, alles voll mit Überresten der soeben vergangenen Silvesternacht. Sie stiegen aus dem Auto, und Katarína wurde von Kälteschauern durchgeschüttelt, der Wind dort oben war stärker als sonst. Sie musste unbedingt laufen, ihre Beine wurden von diesem Bedürfnis angetrieben und trugen sie fort, Eugen hinterher. Erst vor dem Metronom blieb sie stehen, der eisernen Pyramide, die mit ihrem roten Arm das Vergehen der Zeit anzeigte. Als sie klein war, hatte ihr Vater ihr von dem Monument erzählt, das viele Jahre zuvor auf demselben Sockel gestanden hatte, es war das größte in Europa, eine Statue von Stalin mit zwei Gruppen von Menschen im Rücken: dem Volk der Tschechen und Slowaken und dem sowjetischen, vereint hinter ihrem Anführer. Ihr Vater lachte, als er das erzählte, er sagte, die Prager, sarkastisch wie sie waren, hätten das Denkmal in *fronta na maso* „Schlangestehen für Fleisch" umbenannt. Sie saß auf den Knien ihres Vaters und schüttelte sich vor Lachen, denn nur wirklich Verrückte brachten es fertig, ein Monument für Essensschlangen zu errichten.

Katarína trat an die halbhohe Mauer, unter ihr umfloss die Moldau als Lebenselixier die Stadt. Prags Herz, der Altstädter Ring, war festlich erleuchtet, in der Mitte ein großer Weihnachtsbaum. Man sah auch den Žižkov-Turm. Eugen stand neben ihr und schien ihn zu betrachten.

Der Wind ließ etwas nach, nur der riesige Arm des Metronoms schaufelte die Luft über ihren Köpfen zur Seite.

„Warum war sie bei der Trauerfeier?", fragte Katarína.

„Ich kann niemandem verbieten, einem Freund den letzten Gruß zu überbringen."

Katarína schaute ihren Mann an, aber er fixierte weiterhin einen Punkt vor sich. Sie hatte keine solche Antwort erwartet, er verteidigte sich also. Der eiserne Arm machte „Wuuuusch", und es schien ihr, als schneide er statt der Luft ein Stück von ihrem Leben ab, weg war es.

„Aber kannte sie ihn denn?"

„Ja."

„Gut?"

Eugen wurde ungeduldig und drehte sich zu ihr um: „Kenne ich dich denn gut? Kennst du mich gut?"

„Du weißt schon, was ich meine."

„Ja, Lukáš kennt sie", Eugen rieb sich die Augen, „er kannte Angie."

Wuuuusch.

„Warum hast du mich überhaupt angerufen?"

Eugen schüttelte den Kopf, er schien nicht zu begreifen:

„Du bist meine Frau."

Katarína biss sich in die Wange, um nicht eine unpassende Antwort auszuspucken, es war nicht der Moment.

„In der Silvesternacht hast du mich ganz oft angerufen, ich dachte, es wäre wegen Lukáš, aber die verpassten Anrufe waren vor seinem Unfall."

Eugen fuhr sich über seinen Haarschopf, wie er es immer tat, wenn er nervös war.

„Ich weiß es nicht, Katarína, ich war durcheinander."

„Durcheinander?"

Wuuuusch.

Eugen blitzte das Metronom an.

„Lass uns hier weggehen, dieses Ding da nervt mich."

„Ihr wart an Silvester zusammen, stimmt's?"

„Und du?" Eugen packte sie am Mantelkragen und zog sie an sich. Katarína sah, wie seine Wangen sich rot färbten, und wie eine Vene auf seiner Stirn pulsierte. Dann ließ er sie plötzlich los und stützte sich mit den Ellenbogen auf die Mauer.

„Angie ist am Abend vor Silvester angekommen. Dabei hatte ich Lukáš doch versprochen, zu seiner blöden Feier zu gehen." Eugen umfasste seinen Kopf mit den Händen, sein Rücken zuckte mehrmals. Katarína hätte ihn gerne berührt, aber als sie ihn den Namen aussprechen hörte, war sie blockiert, es schien ihr, als wäre auch das Herz in ihrer Brust stehen geblieben, weil es auf etwas wartete.

„Liebst du sie?"

Eugen zog die Schultern hoch und schüttelte den Kopf. Katarína fing an, heftig zu zittern. Er richtete sich wieder auf und umarmte sie.

„Lukáš ist gerade gestorben, ich verstehe überhaupt nichts mehr", flüsterte er in ihr Haar.

26.

Katarína betrachtete ihre Hände auf dem Lenkrad: Sie waren blass, und die Venen traten unter der Haut hervor, ein unregelmäßiges Stickmuster. Sie fuhren gerade über die Štefánik-Brücke, Eugen auf dem Beifahrersitz hatte den Kopf nach hinten gelegt und die Augen geschlossen. In zehn Minuten würden sie beim Škroupovo-Platz sein. Wenn Katarína als Kind im Fernsehen Zeichentrickfilme sah, kam es ihr nicht komisch vor, dass diese teils auf Tschechisch waren. Damals war Prag die Hauptstadt ihres sozialistischen Vaterlandes, so diktierte es ihnen die „Genossin Lehrerin" in der Grundschule. Einmal hatte sie mit ihren Eltern einen Ausflug dorthin unternommen, sie waren über die Karlsbrücke flaniert und hatten auf dem Altstädter Ring vor der astronomischen Uhr auf die volle Stunde gewartet, um die Apostel zu sehen, die sich durch die Fensterluken schoben. Keiner der drei Geschwister wusste, wer die Apostel waren: Orloj, die Aposteluhr am Prager Rathaus, war für sie ein Wunderding aus der Vergangenheit, eine etwas kompliziertere Kuckucksuhr. Ein paar Leute standen davor und schauten schweigend in die Höhe, vielleicht machte auch mal jemand Fotos – kein Vergleich mit der Menge aufgeregter Touristen, die sich jetzt dort versammelte. In Prag hatte sie auch entdeckt, dass das Slowakische die Leute zum Lachen brachte. Die Tschechen behandelten sie und ihre Familie mit amüsierter Überheblichkeit, so wie Dora es tat, wenn sie über Katarína und Jojo die Nase rümpfte, nur weil die beiden jünger waren als sie. Was würde Dora wohl zum Prag von heute sagen? Zu der Hauptstadt mit ihren allgegenwärtigen englischen Schriftzügen, mit den Stadtführern, die ihre Besichtigungen anboten, als handelte es sich um Touren durch einen Vergnügungspark, mit den Restaurants in der Innenstadt, in die die Einheimischen keinen Fuß mehr setzten? Ob Dora wohl wusste, dass an den Verkaufsständen auf den Plätzen der Stadt der *Skalický trdelník* als traditionelle Prager Spezialität verkauft wurde? Ja, genau diese in Nüssen, Mandeln und Puderzucker gewälzte Gebäckrolle, auf die Jojo so scharf war, und die ihr Vater immer von seinen Klassenfahrten im Nordosten der Slowakei mitbrachte. Sie hätten miteinander darüber gelacht, wenn sie zusammen hier gewesen wären.

Das Lenkrad wurde glitschig, Katarína hielt es fester und drosselte das Tempo. Sie betrachtete erneut ihre Hände, sie sahen genauso aus wie die ihrer Mutter. Sie hätte Dora gerne gefragt: „Hast du denn auch ihre Hände?"

Bei ihrem letzten Telefonat an Silvester hatte ihre Schwester gesagt, sie sei einsam. Das lag nicht nur daran, dass sie sich von Ian getrennt hatte. Sie hatten nie miteinander über die Einsamkeit gesprochen. Seit Dora weggegangen war, hatte sich in ihrer aller Leben ein Loch aufgetan. Die Mutter ignorierte es, sie sagte immer – wobei sie den Namen ihrer Ältesten nicht aussprach – die Kinder würden nun mal groß und dann gingen sie weg, das sei doch ganz normal. Aber Dora war noch gar nicht groß gewesen.

Katarína blickte verstohlen zu Eugen hinüber, sein Mund stand ein wenig offen, damit wirkte er wie ein Kind, das der Schlaf übermannt hatte. Vielleicht hatte sie sich auch deshalb so sehr ein Kind gewünscht: um ihrer Mutter zu zeigen, was es bedeutete, zu lieben. Das Auto schlingerte Richtung Leitplanke, und ein Mercedes überholte sie laut hupend. Katarína zwang sich, konzentriert auf die Straße zu schauen.

Am Anfang schrieb ihr Dora von ihren Eindrücken, also von dem, was sie in ihrem neuen amerikanischen Alltag erlebte (da glaubte sie wohl noch, die Distanz bestünde nur aus einem Haufen Kilometer, und sie, die beiden Schwestern, würden für immer verbunden bleiben). Aber schon damals hatte Katarína Mühe, den Worten, die sie las, eine Form zu geben: Was war das für ein Ort, Rockville? Warum musste Dora auf ihrem Nachhauseweg zwischen *homeless people* Zickzack laufen, die auf den Treppen schliefen? Wie sah Madly aus, ihre brasilianische Mitbewohnerin? Mit der Zeit waren Doras Mails immer kürzer geworden, ihre Sätze knapper. „Mir geht's gut, und dir?"

Bei der Ampel am Ende der Wilsonova fuhr Katarína, statt sich links Richtung Žižkov einzuordnen, weiter geradeaus. Als sie es bemerkte, wendete sie, und zwei Autos mussten scharf bremsen, um sie durchzulassen. Einer der Fahrer schrie ihr Schimpfwörter hinterher.

Telefonieren war noch schwieriger. In den Wochen, wenn Dora bei Dunkin' Donuts früher Schluss machte, schaffte sie es, Katarína um Mitternacht anzurufen. Im dunklen Haus in Dúbravka lauschte Katarína dem Knistern im Hörer, vermischt mit der Stimme ihrer Schwester, die ihr schon fremd und verändert vorkam. Irgendwann ließen sie auch das Telefonieren sein, das wegen der Zeitverschiebung ohnehin mühsam, beinahe surreal war.

Auf der U Rajské Zahrady legte sie den zweiten Gang ein, ihre Hände bewegten sich automatisch, das Auto heulte auf, bevor sie den Berg hochfuhr. Dort, oberhalb des Platzes Škroupovo náměstí, zeichnete sich der Prager Fernsehturm ab. Katarína parkte auf einem freien Platz und stellte den Motor ab. Sie bemerkte, dass Eugen wieder wach war, doch sie rührten sich nicht – so als hätte keiner von beiden Lust, auszusteigen, den nächsten Schritt zu machen.

„Solange ich da war, hatte er gar nichts getrunken", sagte Eugen nach einer Weile, er schaute auf den Turm, und es schien, als kostete ihn jedes Wort eine gewaltige Anstrengung. Katarína senkte den Kopf. Die Leere, dachte sie. Lukáš hatte ihr einmal gestanden, dass er an Höhenangst litt, niemand sonst wusste das. Sein Vater hätte ihn gerne mit auf seine Baustellen genommen. „Aber wie soll ich denn auf ein Gerüst steigen?", hatte Lukáš lächelnd gesagt und ihr dabei in die Augen geschaut, als ob sie ihm darauf eine Antwort geben könnte. Hatte er deshalb, bevor er starb, versucht, seinen Vater anzurufen? Um ihm zu sagen: Entschuldige, Papa, das bin nur ich, ich schaffe es nicht, anders zu sein? „Das Auto kam auf dem Glatteis ins Rutschen, er hat die Kontrolle verloren."

Eugen weinte wieder, Katarína sah ihn nicht an, sondern blickte nur auf ihre Knie, die ein wenig zitterten. Sie hätte ihn fragen sollen, wo er denn in diesem Moment gewesen war, als Lukáš die Kontrolle verlor und mit dem Auto gegen die Tram prallte.

„Ich war schon von der Feier weggegangen", fuhr Eugen fort, wie um sich zu verteidigen. Silvester in den Wolken, so hatte Lukáš sein Fest zum Jahreswechsel genannt. In den Wolken.

„In welches Luxushotel von Prag hast du sie denn eingeladen?" Der Satz kam schärfer aus ihr heraus, als sie beabsichtigt hatte. Eugen schüttelte den Kopf. „Gehen wir nach Hause."

„Ich will wissen, wo ihr gewesen seid."

„Warum?"

Katarína schlug mit der Faust auf die Hupe. Der Ton zerriss die Stille im Auto und in ihrem Inneren, er bohrte sich wie ein Nagel in ihre Schläfen.

„Sie hatte sich ein Zimmer im Pachtuv Palace genommen, in der Nähe der Smetanovo-Nábřeží."

Mozarts Hotel: So wurde das prunkvolle Barockgebäude im Volksmund genannt. Man erzählte sich, sein damaliger Eigentümer, der Adlige Jan Pachta, habe den Komponisten, der Gast bei ihm war, verpflichtet, Stücke für das städtische Orchester zu schreiben; dazu habe er ihn, nur mit Papier, Feder und Tinte ausgestattet, in seinem Zimmer eingeschlossen. Mozart sei mit sechs kurzen Tänzen wieder herausgekommen. Das perfekte Hotel für die Engländerin, dachte Katarína. Etwas sehr Hartes bahnte sich seinen Weg durch ihren Brustkorb, es drängte an die Oberfläche wie eine Reliquie, die seit viel zu langer Zeit verschüttet gewesen war.

„Und dann?", fragte sie tonlos.

Eugen seufzte und suchte zum ersten Mal, seit sie sich bei der Trauerfeier wiedergetroffen hatten, ihren Blick. Sie fixierte ihn, alles in ihrem Inneren zitterte, pulverisierte sich wie nach einer Bombe, aber sie hielt die Augen fest auf ihn gerichtet. Katarína fasste sich in den Nacken, dort spürte sie eine kleine, völlig ausgetrocknete Kruste und den Impuls, sie abzukratzen, aber sie hielt sich zurück und ließ die Hand wieder sinken. Die Augen ihres Mannes blickten flehend, sie begriff nicht, was sie wirklich von ihr wollten.

Sie zog den Schlüssel ab und stieg aus, einen Augenblick lang hielt sie sich an der Autotür fest, weil sich alles drehte, dann hörte sie die Tür auf Eugens Seite zuschlagen und ließ die ihre ebenfalls los.

Vor dem Hauseingang blieben sie stehen. Eugen legte die Hand auf das dicke Holz, hustete und sagte dann: „Hier ist sie nie gewesen."

27.

Im Aufzug erhielt sie eine Nachricht von Daniela. Es fühlte sich befreiend an, die Aufmerksamkeit für einen Augenblick auf das Display ihres Handys zu richten. Eugen sah ihr zu, wie sie ihre Antwort schrieb, fragte aber nichts. War das also der Sinn einer Trennung? Sich das Schweigen des Anderen zu erkämpfen? In diesem winzigen Aufzug, der Dinge und Menschen zwischen den Stockwerken hinauf- und hinabtransportierte, waren sie zu Beginn ihrer Ehe immer aneinandergelehnt hochgefahren; zum einen, weil es tatsächlich sehr eng war, zum anderen aber, weil es ihnen so gefiel. Sie hatten ihn „Schrank" getauft, ab und zu hörten sie von jemandem, der darin steckengeblieben war. Jetzt, während er sie beide hoch zu Eugens Wohnung brachte, standen sie nebeneinander, ohne sich zu berühren. Katarína hatte sie immer so genannt, Eugens Wohnung. Er hatte ihr in der ersten Zeit ein Bücherregal neben dem Bett gebaut, und nur dort, vor dieser kleinen senkrechten Fläche, konnte sie wirklich frei atmen. Eugen wollte, dass sie „unsere Wohnung" sagte. Katarína versprach sich immer, und wenn sie unterwegs waren, sagte sie weiterhin: „Fahren wir zu dir." Erst in den Wochen, als sie schon alleine dort lebte, hatte sie die Wohnung verändert, indem sie überall Tassen, Bücher, Schals, Fleecejacken herumliegen ließ. Langsam hatte Eugens saubere und funktionelle Umgebung Katarínas Form angenommen, und tatsächlich hatte sie sich manchmal kurz vorm Einschlafen dort zu Hause gefühlt.

Als sie oben angekommen waren, blickte Katarína einen Moment auf die seitliche Tür zum Dach. Nach der Fehlgeburt waren sie nicht mehr dort oben gewesen. Sie wusste nicht, wie es jetzt an „ihrem" Ort aussah, vielleicht genauso wie immer: die orangefarbenen Ziegel, die Parabolantennen vor dem Prager Himmel, vielleicht hatte sich dort oben gar nichts verändert.

Eugen öffnete die Wohnungstür ganz langsam, wie ein Fremder. Auf der Ablage im Flur lagen einige Rechnungen, er hatte sie aus dem Briefkasten genommen und dort liegen lassen, wo sie darauf warteten, geöffnet und sortiert zu werden. Das war immer ihre Aufgabe gewesen. Es wird schwer werden, manche Gewohnheiten abzulegen, dachte Katarína, oder vielleicht auch nicht. Sie zogen Jacken und Schuhe aus, das Parkett war kalt, aber nicht zu sehr, trotzdem stellte er die Temperatur am Thermostat hoch: Sie mochte es, wenn es zu Hause warm war. Katarína fasste sich an den Bauch.

„Hast du Hunger?", fragte Eugen.

Sie folgte ihm in die Küche, zusammen schauten sie in die Vorratskammer. Sie griff nach einer Tüte getrockneter Pilze und schnüffelte daran.

„Machen wir eine Suppe", sagte sie. Eugen nickte etwas verwundert, protestierte aber nicht. Während der Zubereitung – sie schnitt die Zwiebel, er schälte die Kartoffeln – redeten sie nicht viel. Eugen öffnete eine Flasche Rotwein, dessen Namen Katarína nicht kannte.

„Das Weihnachtsgeschenk von Lukáš", sagte Eugen und hob sein Glas, „er hat uns sehr gern gehabt."

„Auf Lukáš!", sie stießen an, Eugen atmete geräuschvoll aus, vielleicht um den Druck von seiner Brust zu nehmen; Katarína wusste schon seit Jahren, dass das nichts half. Manche Abwesenheiten hören nie auf, einen zu belasten. Sie schaute ihren Mann an, wie er dastand – nur eine Schrittlänge von ihr entfernt, beinahe auf der Tischkante sitzend – und versuchte, nicht um seinen besten Freund zu weinen, der bei einem absurden Unfall ums Leben gekommen war. Wäre Angie dagewesen, hätte er sich fallen lassen, vielleicht hätte sie gewusst, wie sie ihn aufrichten, ihm die Form zurückgeben konnte, die sie liebte. Und Katarína?

Welche Form von Eugen liebte sie? Sie hatte nie gelernt, mit erhobenem Kopf durch seine Welt zu gehen, immer hinkte sie hinter oder neben ihm her, den Blick zu Boden gesenkt. Das war nicht das Problem ihres Mannes, das hatte sie in den letzten Monaten begriffen, oder vielleicht sogar erst in den letzten Tagen. Sie selbst war das Problem, ihre durchlöcherte Existenz. Es war dumm gewesen, von Eugen Heilung zu erwarten, kindisch, die Verantwortung für ihre eigenen Wunden bei ihm abzuladen. Katarínas Augen füllten sich mit Tränen, und dabei lächelte sie: „Der Wein schmeckt wirklich scheußlich." Eugen zog eine Grimasse und wischte sich voller Abscheu mit dem Handrücken über die Lippen, dann lachte er, ein schwaches Lachen von der Sorte, die nur eine Andeutung im Raum hinterlässt. Fast dankbar schaute er sie an, löste sich vom Tisch und näherte sich ihr. „Lukáš verstand von Wein so viel wie du", sagte er sanft, nahm ihr das Glas aus der Hand und stellte es auf die Arbeitsfläche. Sie umarmten sich, Eugens Schultern waren breit wie immer, sodass sie beinahe zwischen ihnen verschwinden konnte. Katarína schloss die Augen, einen Moment lang glaubte sie zu versinken, als hätte sich zu ihren Füßen eine Luke aufgetan, und wenn sie sich nicht an diesen Schultern hätte festhalten können, wäre sie hineingefallen. Sie öffnete die Augen wieder und wusste, dass das nicht stimmte, nicht mehr. Sie küssten sich, er fasste ihr an den Busen, und sie schaute auf den Topf, in dem die Suppe kochte. Mit einer Hand drehte sie das Gas herunter. Sie versuchte sich zu konzentrieren, aber ein Teil von ihr stand einfach still da und war entschlossen, nichts zu tun. Er bemerkte es und ließ allmählich von ihr ab.

„Bist du wütend?"

„Nein, Wut ist es nicht."

Sie warteten, bis die Suppe fertig war, und aßen sie dann, einander gegenübersitzend. Sie war schwarz und fühlte sich im Mund glatt an. Katarína schloss die Augen, und als sie sie wieder öffnete, sah sie, dass Eugen sie anstarrte.

„Was wirst du jetzt machen?", fragte er sie.

Er fragte nicht: Was werden wir machen? Das Wir, das sie einmal gewesen waren, war in den letzten Monaten zerbröselt. Katarína stand auf und holte etwas aus ihrer Tasche auf dem Sofa, dann setzte sie sich wieder. Sie legte zwei Dinge neben seinen Teller: die Kette mit dem „unvollkommenen" Blatt und ihren Ehering. Eugen nahm den Ring und drehte ihn mehrmals zwischen den Fingern hin und her, dann sagte er: „Wir sahen so schön aus an dem Tag, als wir geheiratet haben. Du bist immer noch wunderschön."

„Vielleicht haben wir es zu eilig gehabt."

Eugen sah sie wieder an.

„Ich würde es wieder tun. Damals waren wir glücklich, ich jedenfalls war es; später bin ich mir nicht sicher. Ich kann dich nicht fühlen, du lässt mich nie an dich heran", er schüttelte den Kopf. „Du bist ein zu schwieriges Rätsel für mich, ich habe es nicht geschafft."

„Es war auch nicht richtig, das von dir zu verlangen", flüsterte Katarína.

Eugen legte den Ring langsam zurück auf den Tisch, dann rieb er sich das Kinn, er wirkte erschöpft.

„Ich fahre bald nach Rom, ich habe ein Vorstellungsgespräch beim slowakischen Kulturinstitut", sagte Katarína nach einer Weile sanft. Er lächelte, und sie meinte einen Windhauch über ihrem Kopf und auch am Hals zu spüren.

„Schön."

Daniela hatte ihr die Mail mit der Anzeige vom Außenministerium geschickt, das für seinen Sitz in Rom eine Empfangsdame suchte. Noch am selben Tag, als sie aus Bologna zurückgekommen war, hatte sie ihren Lebenslauf hingeschickt; sie hatten ihr sofort geantwortet und sie für den 21. Februar eingeladen. Sie hatte also noch anderthalb Monate Zeit.

„Ich glaube, ich werde nach London ziehen", sagte er.

Es ging alles sehr schnell, aber wenn man an eine Abzweigung kommt, trifft das Leben seine Wahl, und Katarína wusste, dass sie nicht mehr zurückkonnte. Die nicht ausgesprochenen Worte, die fehlende Aufmerksamkeit, all das lässt Entscheidungen reifen. Diese scheinen dann sehr plötzlich zu kommen, aber nur deshalb, weil sie von einem Moment auf den anderen auftauchen: die Spitze des Eisbergs, die man auf einmal sehen kann.

„Ich hatte schon überlegt, ob ich alles mitnehmen soll", sagte sie halblaut.

„Das hat keine Eile, vielleicht vermiete ich die Wohnung an Touristen."

„Vielleicht sind die dann glücklicher als wir."

„Oder sie haben einfach mehr Glück."

Katarína nickte, ihr war schon wieder schwindelig. Sie stellte die nackten Füße auf den Boden, das Parkett fühlte sich jetzt lauwarm an, die Wärme drang über ihre Fersen in sie ein und strahlte bis zu den Waden aus. Sie schloss wieder die Augen, durch ihre Lider drang orangefarbenes Licht, um ihre Knöchel das Gefühl von Wärme. Sie lächelte. Vielleicht war es das, was sie in den zweieinhalb Jahren ihrer Ehe mit Eugen gelernt hatte: das Alleinsein. Die Dunkelheit, die sie in sich trug, war einfach nur Dunkelheit, darunter floss das Leben. Bei allen, auch bei ihr.

28.

Es war riskant gewesen, die Tickets zu kaufen, ohne das Visum in der Tasche zu haben, aber Katarína konnte nicht mehr länger warten. Nun war sie am Flughafen, zwei Stunden vor dem Abflug, so wie es ihr die Frau im Reisebüro geraten hatte. Sie suchte auf der Anzeigetafel für die Abflüge nach ihrer Flugnummer, ihre Maschine sollte vom Terminal Sever 2 starten. Sie würde in München umsteigen müssen, denn es gab keine Direktflüge von Prag nach Washington. Den Termin bei der amerikanischen Botschaft hatte sie am Vortag gehabt, die Frau am Schalter hatte minutiös ihre Unterlagen inspiziert und sich dann nach dem Grund ihrer Reise erkundigt. „Tourismus", Katarínas Stimme hatte unbekümmert geklungen, als wäre dies tatsächlich der einzige Grund. Sie zog den Griff aus ihrem Rollkoffer und ging los, den Pfeilen zum Sever 2 folgend. Der Koffer war ziemlich klein, nur ein Kabinentrolley. Der Angestellte beim Check-in hatte die Maße kontrolliert und ihr dann erlaubt, ihn mit an Bord zu nehmen. Sie hatte ihn sich extra für diese Reise gekauft, sie nahm nur wenig mit, aber von diesem Wenigen mochte sie sich nicht trennen; bei neuen Erfahrungen sollte man nicht zu viel von sich verlangen.

Am Montag vor ihrer Abreise war sie bei der Sprachschule vorbeigegangen und hatte mit der Direktorin gesprochen, einer energischen Dame, die verärgert reagierte, weil Katarína am nächsten Tag wieder hätte unterrichten sollen. „Das ist sehr verantwortungslos", wiederholte die Direktorin und sah sie an, Katarína widersprach nicht. Als sie schließlich das Büro verließ, lächelte sie. Zwei Jahre hatte sie dort gearbeitet und sich oft nach dem Sinn ihres Jobs gefragt. Einmal im Monat erhielt sie ihren Lohn und legte alles zur Seite; sie wusste noch nicht, wofür sie das Geld brauchen würde. Jetzt hielt sie das Ticket nach Washington in der Hand. Ihre Mutter war nicht damit einverstanden, Katarína hätte sich etwas Materielles kaufen sollen, ein Bett, einen Schrank, ein Auto. Die Möglichkeit, in die Vereinigten Staaten zu fliegen, gehörte nicht in ihr Repertoire. Startende Flugzeuge flogen für sie ins Nichts, so wie auch ihre Tochter ins Nichts geflogen war. Und jetzt wollte Katarína sie besuchen.

Der Fahrsteig beförderte sie durch einen langen Gang in Richtung Gate, sie stützte sich auf den Griff ihres Koffers und blickte nach draußen. Der Tag war grau. Sie hörte das *bip* einer Kurznachricht, es war Viera, die schrieb: „Grüß sie von mir!"

Als Dora gefahren war, regnete es, und der Busbahnhof von Bratislava hatte bis dahin weder Zeit, noch Gelegenheit gehabt, etwas anderes zu sein, als er immer gewesen war: ein Umschlagplatz für alte, schmutzige Busse, deren Passagiere daran gewöhnt waren, den Kopf gesenkt zu halten – weil es das war, was ihr Land von ihnen verlangte. Junge Leute wie Dora oder Viera konnten das nicht. Katarína hatte gedacht, ihre Schwester verließe sie, nicht die Slowakei, nicht ihre kleine Welt, sondern nur sie allein. Dabei war Dora nur ihren eigenen Weg gegangen. Manchmal muss man, wenn man vorankommen will, etwas anderes und auch sich selbst verlassen – das war Katarína jetzt klar.

Sie schritt von dem schwarzen Band herunter, draußen begann es zu schneien, sie lief durch die Halle voller erleuchteter Geschäfte. Am Gate 9 ließ sie sich auf einem der grauen Metallsitze nieder, um sie herum kleine Menschengruppen: Familien, Paare, Männer und Frauen mit Taschen oder Laptops auf den Knien.

Ihr Rollkoffer war orange, eine Farbe, die Eugen nicht gefallen hätte, aber ihr flößte sie Vertrauen ein. Sie blickte nach draußen, ein Flugzeug stand auf der Rollbahn, ihr gefiel die Vorstellung, bei diesem Wetter zu fliegen, das Risiko einzugehen. Man spürt das Leben mehr, wenn man in Gefahr ist, wenn man die Bedrohung fühlt, es zu verlieren, die Möglichkeit, zu scheitern. So wie bei ihrer Ehe.

Auch die Idee der Tschechoslowakei war gescheitert. Bratislava war die Hauptstadt eines Landes geworden, das keiner kannte; Prag – diese magische, schmeichlerische, hinterhältige Stadt – hatte die Massen angezogen und war doch nur von ihnen ausgesaugt worden. Was sich nicht verändert hatte, war die Lage der beiden Länder, eines neben dem anderen. Beider Söhne und Töchter würden nicht aufhören, sich miteinander zu verflechten, einander zu besuchen, sich ineinander zu spiegeln, mal verliebt, mal gleichgültig, aber immer fest entschlossen, ihren Platz in der Welt zu behaupten. Vielleicht musste es so laufen.

Es war noch dämmrig gewesen, als sie am Morgen Eugens Wohnung verlassen hatte. Sie war aus dem Bett geschlüpft, als er noch schlief, auf der Seite liegend wie immer. Sie hatte sich angezogen und ihre Tasche vom Sofa genommen.

Bevor sie ging, besprühte sie sich im dunklen Flur mit Parfüm. Sie blieb stehen, um die Geräusche der Wohnung, das kaum wahrnehmbare Brummen des Kühlschranks, das vertraute Gluckern des Wassers in den Heizkörpern in sich aufzunehmen; es schien ihr sogar, als hörte sie das Bett knarzen, vielleicht hatte Eugen sich umgedreht. Sie legte die Schlüssel auf die Ablage und schloss leise die Tür hinter sich, sie war bereit.

Dank

Ein besonderer Dank an das Archiv *Pamět' Národa* für die wertvollen Unterlagen, die ich konsultieren durfte.

Danke an Francesca Zoppei, die mir geholfen hat, mich in der italienischen Syntax und in mir selbst zu orientieren.
Danke an Ivano Porpora und an die Freunde, die ich in seinen Schreibkursen kennengelernt habe; dort hielt meine Ausrede – „Ich bin Ausländerin"– nicht länger stand.
Danke an Laura Cerutti, die sofort an mich geglaubt hat.
Und danke an Raffaella Lops, aber das weiß sie schon.

Inhaltsverzeichnis

Autorin

Jana Karšaiová (Bratislava, 1978) hat in Prag, Ostia und Verona gelebt, wo sie als Schauspielerin arbeitete. Nach längerer Pause widmete sie sich als Workshopleiterin erneut dem Theater und begann Schreibkurse zu belegen. Ihre Erzählung *Sindrome Italia* wurde in der Literaturzeitschrift „Nuovi Argomenti" veröffentlicht. *Samtene Scheidung* ist ihr erster Roman. Er erschien im Februar 2022 im Verlag Feltrinelli und war unter den zwölf Finalisten für den Literaturpreis Premio Strega 2022. Außerdem wurde der Roman mit dem Premio John Fante Opera Prima Cinema 2023 ausgezeichnet.

Übersetzerin

Ruth Mader-Koltay, geboren 1968 in Weingarten/Württ., hat Italienische, Französische und Neuere Deutsche Literaturwissenschaft studiert. Sie lebt in Freiburg und arbeitet als Dozentin für Italienisch bei der Dante-Alighieri-Gesellschaft, als Textadaptorin für den deutsch-französischen TV-Sender *arte* und als literarische Übersetzerin aus dem Italienischen.

Zuletzt im *nonsolo* Verlag erschienen:

ALESSANDRA CARATI
Und dann sind wir gerettet
Roman
Aus dem Italienischen von Ruth Mader-Koltay

Finalist des Premio Strega 2022
Premio Viareggio-Rèpaci Opera Prima 2021

April 1992. Aida ist gerade sechs Jahre alt, als der Krieg, der das ehemalige Jugoslawien zerstören wird, ihr kleines bosnisches Dorf erreicht. Nach einer abenteuerlichen Flucht schaffen sie und ihre Eltern es bis nach Mailand, wo ihr Bruder Ibro geboren wird. Die Geschwister wachsen in einem fremden Land auf, während der Krieg ihre Heimat auslöscht und der Schmerz über die erzwungene Umsiedlung und die Trauer um die zahlreichen Kriegsopfer das Leben ihrer gesamten Familie aus den Fugen geraten lassen. *Und dann sind wir gerettet* ist nicht nur ein außergewöhnlicher Bildungsroman, sondern zeigt die Verwüstungen auf, die der Krieg in einem ganzen Volk bis hinein in die Psyche jedes Einzelnen anrichtet.

Ein herzzerreißendes Buch, das die in Freiburg lebende Übersetzerin Ruth Mader-Koltay souverän ins Deutsche gebracht hat. Liebe und Verlust sind hier eins –
im Übermaß.   BETTINA SCHULTE, Badische Zeitung

Auch als E-BOOK erhältlich.

Co-funded by
the European Union

MAURIZIO FIORINO
K.O.
Roman
Aus dem Italienischen von Christiane Burkhardt

Eine zutiefst bewegende Coming-of-Age- und Coming-Out-Geschichte

Im archaischen Süditalien der 1980er-Jahre wächst Biagio ganz allein bei seinem Vater, dem Dorfmetzger, auf. Dieser ist nach dem Unfalltod seiner Frau nahezu verstummt.

In einer Welt, die jeden, der anders ist, zwingt, die eigenen Gefühle herunterzukühlen, als wären sie Rinder- und Schweinehälften, versucht Biagio beharrlich, sich einen Platz zu erkämpfen. Atmosphärisch dicht schildert Fiorino das Leben eines jungen Mannes, der davon träumt, aus der deprimierenden Hässlichkeit und toxischen Männlichkeit seiner Umgebung auszubrechen.

Romane über die Armut und Härte des italienischen Südens gibt es einige. Um Homosexualität geht es darin aber selten.

ANNA VOLLMER, SWR 2

Auch als E-BOOK erhältlich.

Co-funded by
the European Union

Lisa Ginzburg
Carapax
Roman
Aus dem Italienischen von Stefanie Römer

Finalist des Premio Strega 2021

„Wir spielten ‚Lieblingstier': Nina war der Jaguar, ich die Schildkröte…"
Eine Mutter, die einfach verschwindet, ein Vater, der sich elegant
aus der Verantwortung stiehlt. Zwei Schwestern so unterschied-
lich wie Sonne und Mond, untrennbar miteinander verbunden
durch eine große schmerzhafte Leere, die sich durch ihre Kindheit und Jugend zieht und tiefe Wunden hinterlässt. Maddi ist
schüchtern, zurückhaltend, vernünftig; Nina bildschön, launisch,
egozentrisch. Rollen, die ihnen das Drehbuch einer permanen-
ten Abwesenheit bis ins Erwachsenenalter hinein zugeteilt hat,
obwohl beide mittlerweile auf unterschiedlichen Kontinenten
leben. Doch manchmal bedarf es erst eines Wiedersehens mit
den Orten der Vergangenheit, um sich endgültig aus alten Fes-
seln zu befreien und zu erkennen, dass wahrer innerer Friede
keinen Panzer braucht.

Mit Carapax *setzt der Freiburger nonsolo Verlag seine
Erfolgsgeschichte, italienische Gegenwartsliteratur
in Deutschland bekannt zu machen, auf beeindruckende
Weise fort.* Bettina Schulte, Badische Zeitung

Auch als E-BOOK erhältlich.

Co-funded by
the European Union

LORENZO AMURRI
Bis ich wieder atmen konnte
Autobiografischer Roman
Aus dem Italienischen von Ruth Mader-Koltay

Ausgezeichnet mit dem Literaturpreis der Europäischen Union 2015 und Finalist des Premio Strega 2013

Sex, Drugs & Rock'n Roll – so lautet das Motto des passionierten Musikers und Sportlers Lorenzo, bis ihn mit 26 Jahren das Schicksal einholt: Bei einem Skiunfall verletzt er sich an der Wirbelsäule und ist querschnittsgelähmt. Fortan ist er an den Rollstuhl gefesselt, und von seinem alten Ich bleibt kaum etwas übrig. Nach langen, schmerzhaften Monaten in einer Reha-Klinik beschließt er, sich selbst eine letzte Chance zu geben, und kämpft sich zurück ins Leben. Wie nach einem langen Tauchgang kann er endlich wieder Luft holen. Amurris autobiografischer Roman ist atemberaubend intensiv. Kristallklar und schonungslos, flüssig im Stil und emotional zutiefst ergreifend, lässt er uns mit dem Protagonisten leiden, hoffen, aber auch lachen. Wie ein Sog, der uns dieses Buch kaum aus der Hand legen lässt.

Wie Lorenzo Amurri erzählt, ist nie rührselig oder gefühlvoll überladen. Es ist klar und wahr und das nimmt einem beim Lesen manchmal die Luft.
CHRISTINE WESTERMANN, *WDR2-Lesen (im Gespräch mit Marco Schreyl)*

Auch als E-BOOK erhältlich.

Co-funded by
the European Union

www.nonsoloverlag.de
info@nonsoloverlag.de